I0611215

Anchien Troskie
as Elbie Lötter

Die staat teen
Anna Bruwer

Kwela Boeke

Die gebeure in die verhaal is fiktief.

Kwela Boeke,
'n druknaam van NB-Uitgewers,
Heerengracht 40, Kaapstad 8001
Posbus 6525, Roggebaai 8012
www.kwela.com

Foto van skrywer: Rieghard & Eidie Van Rensburg (RRAD Photography)
Omslagmodel: Antoinette Louw
Omslagfoto: Hannes van der Merwe
Omslagontwerp: Hanneke du Toit
Geset in 10.5 op 15pt Melior deur Nazli Jacobs
Gedruk en gebind deur Interpak, Pietermaritzburg

Eerste uitgawe, eerste druk 2012
Vierde druk 2012
ISBN: 978-0-7957-0412-3
e-ISBN: 978-0-7957-0413-0 (epub-uitgawe)

Lof vir *Dis ek, Anna*

"Aandoenlik, skreiend, hartroerend, tranewekkend – al dié byvoeglike naamwoorde is van toepassing wanneer 'n mens hierdie boek lees . . . 'n Aangrypende boek."
MADELEINE VAN BILJON, *Die Burger*

"Trefkrag verwys hier na 'n vuishou in die maag. Een wat jou wind uitslaan en jou oë laat traan . . . Dis 'n stopteken vir 'n samelewing wat afgestomp raak oor geweld teenoor kinders en vroue." WILLEMIEN MARAIS, *Volksblad*

"Haar verhaal word baie vroue, meisies en jong kinders se verhaal – 'n taboe waaroor daar steeds nie maklik gepraat word nie." ANNA-RETHA BOUWER, *Beeld*

". . . 'n Eerlike, eerstehandse verslag van die emosionele pyn wat die seksueel misbruikte kind deurmaak . . . Met haar aangrypende boek het sy terselfdertyd 'n bydrae gelewer tot die nodige besinning oor seksualiteit in die Afrikaanse literatuur en kultuurlewe." ANDRIES VISAGIE, *Die Wêreld*

"Dis 'n verhaal wat skok en die leser met afgryse vervul . . . Maar dis ook 'n verhaal wat troos . . . Definitief 'n noemenswaardige publikasie." ETHNEY WATERS, *Kaapse Biblioteek*

"Lötter skryf oortuigend en met só 'n geloofwaardigheid dat die leser gaandeweg met 'n groeiende ongemak én argwaan sit. En tog is dit onmoontlik om die boek neer te sit."
JOHAN MYBURG, *Beeld*

"Elke ouer, elke opvoeder, elke maatskaplike werker en elke predikant moet die boek lees."

"Boeiend en roerend."

Met die skryf van *Dis ek, Anna* (2004) het ek 'n woede in my kon losskryf, en ek kon 'n (fiktiewe) moord pleeg. Die verhaal eindig met bloed aan Anna se hande. En daarna voel ek skuldig. Want ek het nou die "normale" lewe waarna ek as kind so gesmag het. Ek het 'n man wat nie net in my lyf belangstel nie; ek het twee pragtige kinders. Wat het die fiktiewe Anna? Wat het ná die moord op haar stiefpa met haar gebeur? Dis 'n vraag wat deur baie van *Dis ek, Anna* se lesers geëggo word.

Ná *Die besoeker* doen ek navorsing vir 'n nuwe manuskrip. Ek is gereed om daaraan te begin skryf. Maar die vraag bly in my kop: Wat hét van die ander Anna geword? Dit weier om my te los. So skuif ek my navorsing opsy en begin met die fiktiewe Anna. Sy is nie ek nie. Maar ek kon – as ek my fantasie uitgeleef het – sý gewees het.

Nou dra ek hierdie Anna op aan al die lesers van *Dis ek, Anna*. En spesiaal aan julle wat die vraag gevra het en my aan 'n antwoord laat dink het.

Ook aan Antoinette Louw – omdat jy Anna so uitstekend vertolk het in die verhoogproduksie van die boek.

En aan Lafras, Chris en Joice – dankie dat julle my die ruimte gee om te doen wat ek moet doen.

Die skrywer

Beyond this place of wrath and tears
Looms but the Horror of the shade,
And yet the menace of the years
Finds, and shall find, me unafraid.

It matters not how strait the gate,
How charged with punishments the scroll.
I am the master of my fate:
I am the captain of my soul.

– W. E. Henley, "Invictus"

When we are struck at without a reason, we should
strike back again very hard; I am sure we should –
so hard as to teach the person who struck us never
to do it again.

– Charlotte Brontë, *Jane Eyre*

1

My bene bewe rukkerig terwyl ek met die tuinpaadjie opstap na die voordeur. My hande bewe toe ek die klokkie lui. Ek hoor voetstappe. Hoor hom aankom.

"Wie's daar?"

'n Ou man se stem.

"Dis ek, Anna." Terwyl ek die pistool oorhaal.

"Ek, Anna." Terwyl hy die deur oopsluit, oopstoot.

"Ek, Anna." Terwyl ek die pistool op hom mik.

"Ek, Anna." Terwyl ek begin skiet en skiet enskietenskiet-enskietenskiet.

"Ek, Anna." Terwyl die wêreld om my rooi raak.

Ek is Anna.

Niemand sal dit ooit weer aan my doen nie. Hy sal dit nooit weer aan enige iemand kan doen nie. Mag God my en hom vergewe.

Hy val voor my voete neer. Die rooi blompotte agter hom is aan skerwe. Ek kry die skerp reuk van urine wat van hom af opslaan, sien hoe die vlek op sy broek al groter word. Onder normale omstandighede sou ek hom dalk jammer kon kry, maar ek besef ek geniet elke oomblik van sy vernedering. Die ongemak, die vertwyfeling, die vrees op sy gesig. Ek geniét dit.

Hy draai stadig op sy rug, trek sy bene op, 'n patetiese poging om die skandvlek weg te steek. Steek sy hande in die lug terwyl hy smekend na my kyk. "Asseblief, Anna, asseblief!"

Ek hou die pistool op hom gerig. "Hoeveel keer het ek dit

vir jou gevra? Asseblief, oom, moenie, asseblief, dis seer. Asseblief, oom, asseblief, moenie! Hoeveel keer het jy Carli dit hoor vra? Het jy na ons geluister? Het jy ooit vir ons simpatie gehad? Hoekom moet ek vir jou simpatie hê?"

Ek mik sekuur voor sy kop, tussen sy oë. My hand bewe so dat ek die ander een moet gebruik om die pistool stil te hou. Al wat ek moet doen, is om weer die sneller te trek. Net dit. Ek kan selfs my oë toeknyp as ek wil, want ek kan nie mis nie, nie van waar ek staan nie. Ek moet net die sneller trek. Ek verstewig my greep op die pistool.

Ek kan nie.

Ek kan nie die sneller trek nie. Ek kan nie eens meer die pistool omhoog hou nie.

Ek kan nie moord pleeg nie.

Toe ek die pistool laat sak, sien ek my ma. Sy het agter hom in die deur verskyn.

"Anna?"

Sy het oud geword, is my eerste gedagte. Selfs deur die waas van trane kan ek dit sien. Dan het Carli se dood tog 'n merk op haar gelaat.

Die vrou wat ek liefhet en terselfdertyd haat, in gelyke dele; dis my tweede gedagte. Liefhet omdat sy my ma is. Haat omdat sy die mag had om te keer en verkies het om dit nie te doen nie.

Ek wil haar vra, ek wil wéét hoe sy dit kon regkry om hom toe te laat om so met haar dogters te mors. Hoe sy dit reggekry het om al die jare anderpad te kyk. Maar ek kan nie. Ek het nie meer die krag nie. Ek staan net daar – verslaan. Hy het dit weer eens reggekry om van my 'n huilende, smekende agtjarige te maak.

Hy moes dit agtergekom het; dit lyk asof dit hom moed gee. Hy kom regopper.

"Nee," beduie ek, "net tot op jou knieë."

Hy doen dit.

"Sit jou hande agter jou kop. Vleg jou vingers inmekaar."

Hy doen dit.

Ek kyk op na my ma. "Ek wil jou nie skiet nie. Ek wil hóm nie eens skiet nie. Maar ek sal. As jy, as hý enigiets probeer doen, sal ek. So help my God."

Sy bly doodstil staan, knip net haar oë.

"Jy het 'n keuse," sê ek vir haar. "Draai om, stap slaapkamer toe, sluit die deur. Of bly staan." Ek lig die pistool weer op. "Maar moenie probeer om my te keer nie."

Sy bly staan, hande langs haar sye in vuiste gebal, bang trek om haar mond. Maar sy staan.

Ek kyk weer af na hom. "Hoekom het jy dit gedoen? Hoe kón jy? Jou eie dogter!"

Hy antwoord nie, lig net sy kop na my. Hy is nie meer bang nie, dit kan ek duidelik sien. Hoekom nie? Omdat ek huil? Omdat my ma by is?

Vrees, dís wat ek wil sien. In sy oë, op sy gesig. Dieselfde vrees wat ek en Carli gevoel het elke keer wanneer hy die slaapkamerdeur oopgestoot het. Dis waarom ek hier is. Om daardie vrees te rúik.

"Ek wens ek het genoeg moed gehad om aan jou te doen wat jy aan ons gedoen het. Nie seksueel nie," keer ek vinnig, "emosioneel. As ek kon, sou ek jou dae lank gevange gehou het. Ek sou jou stadig, stukkie vir stukkie gemartel het. Maar nou kan ek jou nie eens skiet nie. Omdat ek die patetiese mens wat jy is jammer kry."

"Jy," spoeg hy, "jy en Carli. Jy maak asof julle onwillig was,

11

asof julle slagoffers was. Maar ons weet van beter, of hoe, Anna? Julle het daarvoor gevra met julle kort broekies en rompies, die hemde wat skaars julle borste toemaak."

Ek hoor hoe my ma haar asem skerp intrek, maar ek kyk nie na haar nie. "Ek was ágt."

Hy lag net, 'n smalende uitdrukking om sy mond.

"Het jy geweet?" vra ek sonder om na my ma te kyk.

"Hy is my mán."

"Ons is jou kínders."

Sy stry nie.

Hy laat sak sy hande stadig, die smalende uitdrukking steeds daar. Druk-druk met sy palms op die koue teëls om regop te kom. Met sy rug na my gedraai. Omdat hy weet ek het nie die moed om die sneller te trek nie. Omdat hy kan sien hoe my hande bewe.

"Jy het dit geniet," sê hy, steeds op sy hande en knieë. "Jy wou dit net soveel hê as ek. Elke keer wanneer ek aan jou geraak het, was jy sopnat. Kon ek voel jy was rég daarvoor."

Die bewing in my hande raak stil.

Ek doen dit stadig.

Tydsaam.

Lig die pistool op, beduie daarmee dat my ma eenkant toe moet staan. Ek rig dit op sy agterkop, min of meer tussen sy ore.

"Jy sal dit nooit weer aan enigeen doen nie."

Ek trek die sneller. Sien hoe hy vooroor val, hoor my ma se uitgerekte gil.

"Nooit weer nie." Ek trek die sneller 'n laaste keer.

Ek hoef nie in te gaan nie. Ek hoef myself nie oor te gee nie. Met die knaldemper aan het die 9 mm skaars 'n geluid gemaak.

My ma sal praat. Ek weet dit. Sy het nooit vir ons opgekom nie, nooit vir ons gekeer nie, hoekom sal sy nou? Sy sál praat. Maar: dis haar woord teen myne.

Nee, hulle sal my tog vang. Die tyd vir weghardloop en wegkruip is verby. Vir altyd.

My bene ruk, ek moet aan die reling vashou toe ek die swak verligte trappies na die aanklagkantoor opstap. Doen ek die regte ding? Die lewe bestaan uit keuses. Hierdie is mý keuse. En dis mý verantwoordelikheid.

Die deur staan oop en ek stap in. Dis stil in die aanklagkantoor, net een konstabel agter die hoë bruin toonbank. Voor hom staan 'n groot vrou wat met 'n hees stem praat.

"Ek sê jou, Jimmy, as jy nie iets doen om hom te keer nie, gaan ek."

"Ja, antie."

"En dit gaan nie mooi wees nie, Jimmy, glad nie mooi nie."

"Ja, antie."

Die konstabel kyk net vlugtig op toe ek voor die toonbank kom staan, luister dan verder na die vrou se tirade.

Toe sy asemskep, kyk sy sydelings na my kant toe. Staan dan verskrik 'n paar treë terug. "Gotta, Jimmy, help die vrou, sy bloei!"

Toe eers kyk hy behoorlik na my. Na my bloedbevlekte klere, na my hande waaraan die bloed, nou amper droog, nog kleef. Na die pistool wat ek op die toonbank neersit.

"Ek het hom geskiet. Vir Danie du Toit. Ek kon nie anders nie, ek moes. Vir myself. Vir Carli."

'n Ander konstabel tree nader. Hy moes iewers gesit het waar ek hom nie kon sien nie. "Adres?" vra hy.

Ek gee dit.

Hy skryf dit neer, skuif die papiertjie oor na Jimmy. Dan

kom hy om die toonbank na my toe. Hy vat my aan die arm en lei my na die binnedeur. In 'n gang af, op met 'n stel trappe, na 'n kantoor aan die verste punt van nog 'n gang.

Hy beduie na 'n stoel. "Sit, mevrou, ek kry iemand."

"Ek is nie 'n mevrou nie."

Hy knik net, trek die deur met 'n ferm klikgeluid agter hom toe.

Ek snuif aan die kantoor se reuke: papier, ink, sigaretrook. Bedompige reuke. Kyk oral in die kantoor rond; hou my oë doelbewus aan die beweeg, links, regs, boontoe. Oral sodat ek nie áf kyk en die bloed aan my hande raaksien nie.

Ek raak meteens van die moegheid bewus. Agt ure agter die motor se stuur. Die tyd daarvóór, die tyd daarná. My oë is krapperig, dit voel soos skuurpapier wanneer ek hulle knip. En my blaas brand. Hoekom het ek nie voor die tyd toilet toe gegaan nie? Hoe laat is dit? Sou dit al vyfuur wees?

Ek bewe darem nie meer so erg nie. Maar my hart klop omtrent hoorbaar, my asem kom vlakkerig, my oë wil toeval van die moegheid. As ek net kan slaap, 'n bietjie kan rus, my blaas kan leegmaak. Onder in die gang het ek 'n toilet gesien, die prentjie voor op die deur van 'n vroutjie wat 'n sambreel vashou. Durf ek? Ek sal vinnig wees, voor iemand my kan mis, sal ek terug wees.

Ek staan stadig op, versigtig, asof ek my ledemate nie meer kan vertrou nie. Hou aan die tafel vas vir ondersteuning. Skuif voetjie vir voetjie nader aan die deur. Ek luister voor ek die deur oopmaak; die gang is stil.

Toe ek my blaas geledig het, is die bewing terug. My lyf ruk onbeheers. Ek gaan staan voor die wasbak, staar na die vreemde vrou in die spieël.

Sy lyk soos ek; sy het my klere aan. Maar ek weet dis nie

ek nie. Hierdie vrou in die spieël is 'n ander Anna. Dalk is sy die werklike Anna. Die een sonder die masker.

Ek maak my oë toe sodat sy nie so na my moet kyk nie. Hierdie vreemde Anna.

Ek hoor weer die skote klap, my ma se beangste gille. Sien die bloed. Sy wou vorentoe, na hóm toe. Nee, het ek haar gekeer, gaan kamer toe. Ek het een koeël oor; moenie dat ek dit op jou gebruik nie. Ek het my ma gedreig, die pistool op haar gerig. Tot sy geluister en omgedraai het.

Toe ek by hom buk, gly ek in die bloed wat uit hom loop. Ek val langs hom neer, voel hoe die nattigheid deur my jeans syfer tot op my bene. Taai aan my hande klou. Ek kom sukkelend op my knieë, druk my hand teen sy keel. Geen pols nie.

Hy is dood. Goddank.

Toe ek my oë oopmaak, sien ek die bloed aan my hande. In die spieëlbeeld lyk dit amper swart. Ek gril opeens daarvoor. Omdat dit sýne is.

Ek draai die warmkraan oop, kyk rond vir seep. Niks. Laat die water brandend oor my hande spoel. Kyk hoe die water rooi verkleur. Kyk hoe die bloed wegloop.

Weer en weer en weer.

Ek skrik toe 'n hand op my skouer druk. Ek het nie die deur hoor oopgaan nie.

"Jy mag nie jou hande was nie!" Die konstabel lyk verskrik.

"Ek is jammer. Ek het nie gedink nie. Ek is jammer."

"Sup Webber gaan die moer in wees!" Hy sê dit meer vir homself as vir my. "Kom."

2

Superintendent Windhond Webber het pas uit die stort ge-
klim, die handdoek nog om sy onderlyf gedraai, toe die oproep
deurkom. Hy trek vinnig aan, vat sy dienspistool en selfoon,
buk af om sy slapende vrou op die voorkop te soen, en stap
dan na sy Toyota Corolla.

Twee blokke verder hou hy voor die huis stil. Die son is net
besig om die lug te begin verkleur. Hy kyk 'n oomblik na die
tuin wat uitgestrek voor hom lê, laat sy oë oor die blomme en
struike aan die linkerkant dwaal, die roostuin aan die regter-
kant. Daar staan reeds twee polisiemotors in die oprit, asook
die motor van forensies.

Vyf-en-dertig jaar diens, dink hy toe hy uit sy motor klim,
waarin hy die bynaam Windhond verdien het. Omdat hy 'n
spoor kan vat, omdat hy sy sake vinnig oplos. Dalk ook oor sy
vinnige humeur, moet hy erken. Vyf-en-dertig jaar diens en
steeds moet hy hom geestelik voorberei vir elke moordtoneel.
Want die kleur, die tekstuur, die reuk van bloed maak hom naar.
Hy sluit sy oë 'n oomblik, haal diep asem.

Daar gáán bloed wees, sê hy vir homself, dit gaan daardie
eienaardige metaalreuk hê. Daar gaan dalk meer as net bloed
wees. Maar: dis 'n mens wat daar binne lê. En hy is hier om uit
te vind wat die oorsaak is. Net dit. Moenie betrokke raak nie.

Hy stap die trappies na die voordeur op. Knik kop vir die an-
der polisielede, die man en vrou van forensies, die patoloog.

Die oorledene lê vlak voor die voordeur, op sy maag, pan-
toffels aan sy voete, lang pajamabroek, die regterpyp nat. Die

reuk van urine gemeng met die reuk van bloed. 'n Kort wit frok-
kie, maer oumansarms, die een langs sy sy, die ander gebuig bo
sy kop. Hy lê in 'n plas bloed wat al taai en klewerig geword
het, sy gesig onherkenbaar vermink. Om hom en onder hom lê
rooigekleurde glasstukkies en blomme, asof iemand die lyk
wou versier, voortydig begrafnis wou hou.

Hy kyk op, na die tafel agter die lyk. Rooi glasstukkies besaai
die oppervlak, 'n paar blomme lê nog daar, water wat drup-
drup op die vloer plons.

"Sup." Inspekteur Jantjies staan in die deur wat na die bin-
nekant van die huis lei.

"Inspekteur."

Jantjies kom nader, oop boekie in die hand, pen gereed om te
skryf. "Sup, daar is agt skote in totaal. Dit lyk of die oorledene
gestaan het toe die eerste ses skote afgevuur is. Dit het die ver-
sameling rooi blompotte agter hom getref. Hy moes homself
neergegooi het en hom toe bepis het."

Webber se kop ruk op.

"Skuus, Sup, hy moes toe geürineer het," korrigeer Jantjies
vinnig. "Daarna is twee skote van baie naby gevuur, kort na
mekaar."

Webber knik. "Ek sien dit ook so. Die wapen?"

"Geen wapen op die toneel nie. Konstabel Mbane het gebel,
'n vrou het haarself by die stasie gaan oorgee, met die pistool.
Sê sy het die moord gepleeg. Die vrou van die oorledene sê dis
haar dogter."

Webber knik weer. Raak dan bewus van 'n gehuil, kyk vraend
na Jantjies.

"Dis die oorledene se vrou. Sy wag in die sitkamer."

"Laat weet vir Mbane ek is op pad. Ek wil net eers met die
weduwee praat."

"Sy het haarself sonder 'n prokureur gaan oorgee." Jantjies skud sy kop. "Nog nooit van so iets gehoor nie."

"Ek ook nie, maar daar's seker 'n eerste keer vir alles."

Webber stap deur na die sitkamer. Hy beduie met sy kop dat die konstabel wat langs die vrou op die bank sit maar kan gaan. Sy het 'n kamerjas aan, vermoedelik nagklere daaronder, slaapsokkies aan haar voete, hare deurmekaar geslaap.

"Mevrou?"

Sy lig haar kop stadig, staar na hom met rooi oë.

Sy kom vir hom bekend voor. Vir 'n oomblik oorweeg hy dit om haar uit te vra, besluit dan daarteen. Dis nie die tyd of plek nie, en daar is geen herkenning in haar oë nie.

"Ek is superintendent Webber. Die oorledene was u man?" maak hy seker.

Sy knik.

"Ek is jammer, mevrou, oor u verlies." Hy voel altyd vreemd wanneer hy dit sê, asof hy die persoon moes ken om jammer te wees. "Ek moet u 'n paar vrae vra."

"Dis reg." Haar stem is toonloos.

"Mevrou, vertel asseblief vir my wat hier gebeur het."

Sy wag tot hy gaan sit. "Ons het wakker geword van die voordeurklokkie wat lui."

"Hoe laat was dit?"

"Ek weet nie. Drieuur? Vieruur?"

Hy knik.

"My man het opgestaan om die deur te gaan oopmaak. Ek het bly lê. Toe hoor ek sulke snaakse pop-geluide. Ek het kom kyk. Sy was hier. Anna. Sy het hom geskiet. Vóór my doodgeskiet."

Hy maak 'n nota. "Anna?"

"My dogter."

"Waar is sy nou?"

"Ek weet nie."

"Het u die polisie gebel?"

"Ja."

Die fluistering is skaars hoorbaar, sodat Windhond sy kop nader aan haar moet bring.

"Het u aan enigiets geraak?"

"Nee."

"Kan u aan enige rede dink waarom u dogter haar pa sou skiet?"

"Hy was nie haar pa nie."

"Stiefpa?"

"Ja."

"Hoekom dink u sou u dogter haar stiefpa geskiet het?"

Sy begin rukkerig huil. "Ek weet nie, ek weet nie."

Windhond maak sy notaboek toe. "Dis al vir nou, mevrou. Ek praat later weer met u."

Want sy weet hoekom, daarvan is hy seker.

Windhond sien rooi toe konstabel Mbane verleë erken dat die verdagte, sý verdagte, haar hande gewas het. Daar is die PR-toets ook in sy moer. Hy sal forensies moet bel.

Hy beteuel homself met moeite. Hy het 'n allesoorheersende begeerte om die klein mannetjie aan sy uniform op te tel en uit sy klere te skud. Maar uit ondervinding weet hy dit sal net vir hom moeilikheid bring.

"Waar's sy?" blaf hy.

"In die boonste kantoor, Sup."

Windhond skrik toe hy die meisie voor die lessenaar sien sit. Sy's klein van postuur, sy is ooglopend bang, en sy is vol bloed. Klewerige droë bloed. Die reuk is oral in die kantoor.

Hy moet sy asem diep intrek en uitblaas voor hy kan instap.
"Juffrou Bruwer?"

Sy kyk verskrik na hom.

"Ek is superintendent Webber."

"Ek het hom geskiet. Ek kon nie anders nie. Ek het dit vir
Carli gedoen. Vir myself ook. Ek moes. Ek moes."

Hy stap na die telefoon, skakel die forensiese afdeling, reël
dat 'n vrouekonstabel boontoe gestuur word.

"Vir wie het jy geskiet?"

"Danie du Toit. Ek moes, superintendent, glo my, ek moes."

"Waar het jy hom geskiet?"

Sy kyk onbegrypend na hom.

"In sy been, arm, waar?"

"In sy kop. Ek moes."

Hy kyk verlig op toe die deur oopgaan. Dis konstabel Naudé.

"Sorg dat sy formeel in hegtenis geneem word. En ek soek al
haar klere. Kyk ook vir trace onder haar naels, forensies wag
daarvoor."

Die vrou met die rooi hare lei my in die gang af, verby die toi-
let, af met die trappe na 'n deurmekaar kantoor waar stapels
lêers op 'n lessenaar lê. Die konstabel met die sagte oë wat
my in die badkamer gekry het, is ook daar. Hy glimlag bemoe-
digend vir my, maar ek kry dit nie reg om terug te glimlag
nie.

Die vrou laat my staan, bied my nie 'n stoel aan nie. Ek wil
omval van moegheid.

"Anna Bruwer, jy het die reg om stil te bly. Jy het die reg tot
'n prokureur. As jy nie 'n prokureur kan bekostig nie . . ."

Ek maak my ore toe, hou my oë oop, ek wil nie hoor nie.
Nie dit nie, nie daardie woorde nie. Die reg om stil te bly. Die

rég? Soms is dit al wat jy kan doen. Sjuut. Moenie praat nie. Moet niks sê nie. Sjuut. Stom Anna.

Die rooikop slaan 'n boek oop, kyk sonder belangstelling op na my. "Naam, geboortedatum, lengte, gewig, oogkleur, allergieë, medikasie, dokter?" rammel sy af.

Ek antwoord stadig, want ek moet elke woord bedink voor ek kan toelaat dat dit oor my lippe kom.

"Enige onderskeidende kenmerke?"

Toe ek stilbly, sê sy ongeduldig: "Tatoe? Geboortemerk?"

"Tatoe."

"Waar, wat?"

"'n Dolfyn, regs op my skouer."

Ek het eers engelvlerke oorweeg. Sodat ek elke dag in die spieël kon kyk en kon weet dat ek ook goed in my ronddra, nie net sleg nie. Maar dit sou lank vat, en ek het nie gehou van die idee van vreemde hande op my lyf nie. Die dolfyn was klein, vinnig. Die sierlike boog waarmee dit uit die water spring, het vir my vryheid versinnebeeld. Want toe het ek nog geglo ek is vry van die verlede.

Sy teken dit aan. "Handsak?"

"Nee."

"Enige persoonlike items aan jou?"

My waardigheid? My trots? My klere? Die motorsleutels in my broeksak? My selfoon?

Ek reik na my sakke, maar haar hande skiet soos blits uit. "Nee, ek sal."

Wat dink die vrou? Dat ek 'n pistool gaan uitpluk en begin skiet?

Natuurlik dink hulle dit. Moord is sonde. En sonde klou aan 'n mens. Soos 'n vlek wat jy nie kan uitkry nie, maar wat met elke probeerslag net groter word. Hulle sien dit, hierdie moordvlek op my vel. Hierdie vrou, die man met die sagte oë, die superintendent met die bulderende stem. Húlle sien dit. Hoekom sien ek dit dan nie?

Omdat dit reg was, dit wat ek gedoen het.

Ek kyk hoe my sakke omgedop word. Motorsleutels, selfoon en pepermente word op die tafel voor die rooikop gepak. "Waar's jou beursie?"

"In my motor."

"Ek sal gaan," sê die konstabel met die sagte oë.

"Nee," sê die rooikop, "jy's klaar te diep in die kak. Laat forensies dit doen. Maar jy kan na haar huis ry en vir haar klere gaan haal. Haar klere moet ge-bag word, sy sal iets moet kry om aan te trek."

"Ek bly in Knysna," herhaal ek.

"Jy't darem seker klere saamgebring?"

"Nee."

"Jy ry al die pad van Knysna af sonder ekstra klere? Fok! Dis nie een of ander spa hierdie nie! Wat gaan ons nou maak?"

"Ek kan by my vrou gaan haal," bied die konstabel aan.

"Nee, dit sal te lank vat, en Sup is klaar moerig." Die rooikop sug, haal sleutels uit haar sak. "Kyk in my kar is 'n gymsak."

Sy trek 'n inkkussing nader, sit 'n vel papier met blokke voor haar neer. "Kom nader."

Vinger in die ink, dan in 'n blokkie op die vel papier. Al die vingers, palm, duim, kante van die hande. Sy draai om, tel 'n swart koki van die lessenaar op en reik na 'n witbord. Skryf daarop met haar rug na my gedraai, beduie my vorentoe en hang dit om my nek.

Sy tel 'n kamera op. "Kyk voor jou." Kliek. "Draai skuins." Kliek.

Ek kyk af na die bord, lees die woorde onderstebo: *Saak-nommer 232/2004, Anna Bruwer. Moord.*

Dis dan dít, dink ek. Moord. Só lyk dit. Só voel dit.

"Maak jou skouer oop dat ek 'n foto van die tatoe kan neem."

Ek doen dit.

Die konstabel kom in en sit 'n drasak en my beursie op die tafel neer.

Die rooikop maak die sak oop. "Jou geluk dat ek van plan was om te gaan gym, anders het jy kaalgat in die selle gaan sit," sê sy sonder om na my te kyk. Sy haal 'n sweetpakbroek, T-hemp, broekie en sokkies uit. "Ek gee jou wragtig nie my tekkies nie."

Sy pak alles in my beursie op die lessenaar uit, skryf dit in die boek, kyk op na my. "Alles is opgeskryf, sodat jy nie later kan sê ons het iets van jou gesteel nie. Check en teken."

Ek kyk nie eens na die lysie nie, teken net bewerig waar sy wys. Sy skeur die bladsy netjies op die geperforeerde lyn langs en hou dit na my uit.

Sy haal die bord van my nek af. "Kom."

Ons stap weer in die gang af, draai dié keer links en gaan by 'n badkamer in. Dis koud binne, 'n venster is op 'n skrefie oop sodat ek die wind buite kan hoor huil. Twee mans staan en wag.

Ek rem terug, maar die rooikop du my vorentoe. "Hulle sal nie byt nie."

"Hou uit jou hande," sê die een, nie onvriendelik nie.

Ek hou my hande uit, merk op dat hulle steeds liggies bewe. Hy skraap onder die naels van my linkerhand; die ander man skraap onder my regterhand se naels. Hulle krap versigtig van die droë bloed wat ek nie kon afspoel nie van my arms af.

Toe hulle uitstap, beveel die rooikop: "Trek uit."

23

Ek huiwer, ek trek nie my klere voor ander uit nie.

"Toe, toe, dis laat, ek wil huis toe."

Sy tel my klere van die vloer af op, sit dit in 'n sak. My tekkies ook. Onderklere. Gee dit deur die deur vir iemand buite aan.

Ek staan kaal voor die vreemde vrou, probeer so goed ek kan my skaamte toehou.

Sy rol haar oë. "Asseblief, dink jy regtig ek het dit nog nie voorheen gesien nie?"

Ek staar na die vloer, hoor hoe die latekshandskoene klap toe sy dit aantrek. Moet veg om die trane van vernedering binne te hou toe die vreemde, koue hande my betas. In my mond, my ore, my neus, my vagina, my anus.

"Trek aan," sê die rooikop toe sy die handskoene in die vullisdrom laat val.

Ek staan besluiteloos met haar broekie in my hand.

"Dis skoon."

Ek knik. Nogtans. "Ek verkies om dit nie te dra nie, dankie," sê ek fluisterend.

Sy haal haar skouers op. "Jou loss."

Die sweetpakbroek is hopeloos te lank. T-hemp en sokkies, geen skoene.

Die rooikop maak die deur oop. "Wil jy jou prokureur bel?" vra sy in die gang.

Ek skud my kop. Ek wil niemand bel nie.

"Nou kom dan. Sup Webber wag."

Hy is in dieselfde kantoor as vroeër, maar hy is nie alleen nie. Oorkant hom sit 'n man met donker hare en donker oë wat ondersoekend op my gefokus is. Ek steek vas.

Die vreemde man staan op. Ek moet opkyk na hom.

"Ek is Joubert van Heerden. Ek is 'n prokureur."

Toe ek stilbly, voeg hy by: "Ek is jóú prokureur."

"Ek wil nie 'n prokureur hê nie."

"Juffrou Bruwer," onderbreek die superintendent hom, "jy het 'n prokureur nodig."

"Nee. Ek wil nie een hê nie. Ek het 'n moord gepleeg, ek erken skuld. Ek het nie 'n prokureur nodig nie."

Die vreemde man knik. "Nou goed, Anna. Mag ek dan net hier sit terwyl superintendent Webber jou ondervra?"

"Wie is jy?"

"Joubert van Heerden."

"Wat maak jy hier?"

"Oom Retief het my gebel."

"Oom Retief! Hoe weet hy . . .?"

"Jou ma het hom laat weet."

My ma.

Ek knik. Hy kan bly.

Hy draai na die superintendent. "Kan ek 'n paar oomblikke kry om met my kliënt te konsulteer?"

Webber kom orent, beduie my na die stoel agter die lessenaar. "Ek wag buite."

Joubert van Heerden leun oor na my. "Anna, ek is hier om te help."

Ek skud my kop. "Dis te laat daarvoor. Ek glo nie iemand kan my meer help nie."

Hy sug. "Maar ek kan probeer. Laat my toe om te probeer?"

Sy donker oë is nie vriendelik nie, ook nie vyandig nie. Sy groot postuur straal kalmte uit. Oom Retief het hom na my toe gestuur.

"Nou goed dan."

"Hoekom het jy vir Danie du Toit geskiet?"

Ek kyk af na my hande. "Omdat hy dit verdien het."

25

"Vertel my."

Ek vou my hande oor my gesig, skud my kop.

Sy hand rus 'n oomblik op my skouer. "Ons kan later verder praat."

Hy staan op en maak die deur vir die superintendent oop.

Windhond haal die diktafoon uit die boonste laai van sy lessenaar. Hy hou sy aksies met opset stadig, sodat hy kans kan kry om sy emosies onder beheer te bring. Sy het skoon klere aan, die bloed wat aan haar hande en lyf was, is weg. Tog bly die metaalagtige reuk in die kantoor hang.

Toe alles reg voor hom lê, maak hy keel skoon en skakel die masjien aan. Hy gee die datum, die saaknommer, sy rang en naam hard en duidelik. "Ook teenwoordig is die aangeklaagde se regsverteenwoordiger, meneer Joubert van Heerden."

Hy kyk na Anna. "Naam?"

"Anna Bruwer."

"Jy sal duideliker moet praat."

Die woorde kom harder uit as wat hy bedoel het, hy sien hoe sy effens terugdeins. Hy skuif die diktafoon nader aan haar en vra haar om haar naam te herhaal. Toe sit hy gemaklik agteroor en vleg sy vingers inmekaar.

"Juffrou Bruwer, het jy 'n vuurwapen op Danie du Toit gerig?"

Sy knik.

"Jy moet die vrae antwoord, die masjien kan nie sien nie."

"Ja."

"Nog harder, juffrou Bruwer. Het jy dit gedoen op 9 Februarie 2004?"

"Ja."

"Het jy dit in die oggend gedoen?"

26

"Ja."

"Was die vuurwapen 'n 9 mm-pistool?"

"Ja."

"Het jy hom met die vuurwapen vermoor?"

"Ja."

"Het jy die opset gehad om hom te vermoor?"

Sy weifel 'n oomblik. "Ek weet nie."

"Hoekom het jy dan die sneller getrek?"

"Omdat ek moes."

Hy laat dit eers daar. "Woon jy in Knysna?"

"Ja."

"Is jy hier met jou motor?"

"Ja."

"Hoe lank is jy al in Bloemfontein?"

"Ek het vanoggend hier aangekom. Ek is baie moeg, super-intendent. Kan ek nie asseblief gaan slaap nie?"

"Jy kan later slaap." Hy leun verder agteroor, sodat die stoel kraak. "Jy het al die pad van Knysna af gery om hom te kom skiet?"

"Ja."

"Vir geen ander rede nie?"

"Nee."

"Daar is 'n aktetas in jou motor gevind, met handskoene, 'n klapmus en 'n flits."

Sy antwoord nie.

"Juffrou Bruwer, verduidelik vir my hoekom jy die moeite gedoen het om dit alles in te pak, maar dit nie gebruik het nie."

Sy haal haar skouers op. "Ek weet nie."

"Jou doel was om hierheen te kom en hom te kom vermoor."

Sy antwoord nie.

27

"Was jou plan om dit geluidloos, ongesiens te doen?"

"Ek wou dit soos 'n rooftog laat lyk," erken sy.

"Hoekom het jy nie?"

"Ek het net skielik nie meer die nut daarvan gesien nie."

"Hoekom 'n knaldemper?"

"Sodat die skote nie gehoor kan word nie."

Hy pen haar vas met sy oë, strek sy bene lank voor hom uit. "Hoekom het jy jouself kom oorgee?"

"Want ek het iemand doodgeskiet en julle sou my in elk geval gevang het."

"Dis waar."

Vir 'n oomblik is dit stil in die vertrek, met net die geruis van die vroegoggendverkeer wat deur die oop vensters kom. Eienaardig, dink Windhond, gewoonlik probeer verdagtes hulleself onmiddellik verontskuldig. Sy sit net daar, gelate en bang. Baie bang. Haar bewende hande en die feit dat sy kort-kort sluk, gee haar weg.

Hy leun vorentoe. "Hoekom, juffrou Bruwer? Hoekom het jy hom geskiet?"

"Ek moes. Vir Carli. En vir myself."

"Wie is Carli?"

"My sussie."

"Waar is sy?"

"Sy is dood. Hy het haar vermoor."

"Hy het haar vermoor?"

"Sy het selfmoord gepleeg, maar dis net so goed hy het self die tou om haar nek gesit. Ek het nie 'n keuse gehad nie, ek moes dit doen."

"Is die moordwapen, die pistool, jou eie?"

"Ja."

"Waar kry jy dit?"

28

"Oom Retief het dit vir my gekoop, 'n paar jaar terug al. Sodat ek myself kon verdedig, indien nodig."

"Het jy enige opleiding in die gebruik van wapens gehad?"

"Ja. Ek is moeg, superintendent, asseblief?"

Hy ignoreer haar gepleit. "Met ander woorde, jy weet hoe om 'n wapen te gebruik. Sou jy jouself as 'n goeie skut beskryf?"

"Ja. Ek is regtig baie moeg, superintendent."

Hy knik sy kop langsaam. "Verduidelik dan aan my, juffrou Bruwer, hoekom dit vir jou nodig was om eers die blompotte agter meneer Du Toit stukkend te skiet."

Sy antwoord nie.

"Kom ek verduidelik vir jou hoe ek dit sien. Jy kan my enige tyd reghelp. Jy lui die klokkie, Du Toit maak die deur oop. Jy staan daar, sonder jou klapmus, sonder jou handskoene, wapen in die hand. 'n Goeie skut. Jy skiet eers die blompotte agter hom flenters. Hy duik vorentoe, gaan op sy maag lê, sy arms beskermend oor sy kop. Jy kyk hoe hy homself natmaak van vrees, dan eers stap jy nader. Teen daardie tyd moes hy al probeer regop kom het, op sy knieë dalk?"

Toe sy nie antwoord nie, vervolg hy: "Eers dan skiet jy. En een skoot, deur 'n opgeleide skut, van naby met 'n 9 mil, is nie goed genoeg nie. Jy skiet hom twee keer, deur die kop."

Joubert van Heerden sit vorentoe. "Superintendent."

Windhond hoor die waarskuwende klank in die prokureur se stem, maar hy ignoreer dit. "Hoekom was dit nodig, juffrou Bruwer?"

Stilte.

"Hoekom was dit nodig, juffrou Bruwer?" herhaal hy. "Hierdie ... drama vooraf?"

Sy kyk net af na haar hande, frommel die stukkie papier wat sy vashou.

"Juffrou Bruwer, is jy bereid om 'n bekentenis voor 'n land-dros af te lê dat jy verantwoordelik is vir die dood van Danie du Toit?"

Joubert staan op. "Sup, as jy dink ek gaan toelaat dat jy haar hier uitsleep en voor 'n landdros bring vir 'n bekentenis, maak jy 'n fout. Die vraag is – soos jy behoort te weet – of sy toe-rekeningsvatbaar is. En daaroor – soos jy ook goed behoort te weet – moet 'n sielkundige besluit. Met ander woorde, die enigste plek waarheen Anna Bruwer nou gaan, is na die selle, totdat ek haar by 'n sielkundige of psigiater kan kry. En jy," hy draai na Anna, "sê nie een woord verder nie."

En dís die rede hoekom hy nie van prokureurs hou nie, dink Windhond en skakel die masjien af.

Eers dan kyk sy op. "Soms, superintendent, het jy nie 'n keuse nie. Om hom te skiet was my lot."

Skielik is die vuur in Windhond geblus. Hy voel tam en dis nog oggend, die hele dag lê voor.

"'n Mens het altyd 'n keuse, juffrou Bruwer." Hy reik na die telefoon, skakel 'n nommer en sê kortaf: "Kom haal haar."

3

Die konstabel wat my kom haal is 'n groot vrou. Met elke tree wat sy gee maak haar sykouse 'n irriterende girts-girts-geluid. Ek wil skreeu, van irritasie, van moegheid.

Ons stap met 'n ander gang af, deur 'n sydeur wat op 'n stoep uitloop. Dankie tog hulle het my nie in boeie geslaan nie. Is dit omdat ek myself kom oorgee het?

'n Paadjie met 'n netjiese grasperk aan weerskante lei na 'n ry eenderse deure aan die linkerkant. Vrolike blomme in die beddings. Aan die regterkant is nog 'n gebou, met komberse oor die heining gegooi. Nat komberse, ek kan dit ruik.

Die konstabel roep 'n naam en 'n man in uniform kom nader, loop agter ons aan. Sy haal 'n bos sleutels uit haar sak, sluit die eerste deur oop. Dan 'n hek.

Die selle, besef ek, en alles in my protesteer. Ek steek vas, maar die konstabel druk my hard tussen die blaaie. Die man wag agter haar in die deur.

Dis 'n groterige vertrek. Leeg, dankie tog. 'n Oop stort in die hoek. Ek kyk op. Geen plafon, net 'n traliewerk met sif bo-oor. Wat as dit reën?

Die konstabel stoot my vorentoe, sluit nog 'n deur oop, 'n dik staaldeur, en 'n traliehek. Die reuk wat uit die vertrek opslaan, is tasbaar. Ek draai my kop weg.

Stemme begin protesteer.

"Hoe moet ons slaap as jy die hele tyd inkom?"

"Wat tog nou weer?"

"Iemand sieke' wat ons djoin."

Ek staan versteen. "Kan ek nie hier," ek beduie na die groot vertrek waarin ons staan, "bly nie? Asseblief?"

"Nee." Sy druk my ongeduldig binnetoe.

Ek draai om, die man is weg, ek kan hardloop. En as hulle my skiet? Nee, ek sal moet ingaan. Want dit was mý keuse.

"Kom nou!" sê die konstabel kwaai.

Ek tree stadig vorentoe, kyk vir oulaas om. Die man is terug, hy hou 'n matras en 'n grys kombers na my uit.

"Maak vir haar plek!" sê die konstabel vir die vae vorms in die skemer vertrek.

Die deur slaan agter my toe.

Ek staan stil, laat my oë aan die min lig gewoond raak. Ses gesigte kyk terug na my. In die een hoek 'n toilet, darem effens beskut met 'n lae muurtjie rondom. Regs van die deur 'n sementbank, reeds beset deur 'n lyf.

"'n Wit vrou," fluister 'n stem.

Dit beweeg soos 'n eggo deur die vertrek. 'n Wit vrou, 'n wit vrou, 'n wit vrou.

Ek kyk op, na die kaal gloeilampie teen die hoë plafon. My wêreld het gekrimp tot dít: 'n vuil vertrekkie met bekrapte mure. Een wat ek met ses vreemdelinge moet deel. Met die reuk van urine en ontlasting wat oor alles hang.

Al wat ek voel is die moegheid. My hele lyf voel dood. My kop is dof, my oë branderig.

"Dis 'n klein prys om te betaal," sê ek hardop. "Dis 'n baie klein prys om te betaal."

"Sê jy, girl, sê jy." Die vrou naaste aan my kyk my 'n oomblik stil aan.

Sy beduie my na haar kant toe, maak 'n plek langs haar vir my oop. Ek laat die matrassie op die sementvloer neerplof, vou die grys kombers dubbeld vir 'n kussing, krul my in die fetusposisie op. Die matras is so dun dat ek die koue van die sement daardeur kan voel.

Ek kry koud, dink ek vaagweg, dis somer in die Vrystaat en ek kry koud. My oë gaan vanself toe.

Windhond wag geduldig vir die mikrogolfoond se horlosie om oor te slaan na 07:50. Dan plaas hy 'n deksel oor die sissende wors, draai die stoofplaat af en breek ses eiers in die pan op die stoofplaat langsaan. Vier vir hom, twee vir sy vrou. 'n Ongesonde ontbyt, hy weet dis wat sy gaan sê. Maar vanoggend het hy krag nodig.

Net toe hy die eierpan van die stoofplaat trek en die roosterbrood in 'n bord laat gly, stap sy die kombuis binne.

"'n Ongesonde ontbyt," sê sy en soen hom op die wang. "Wat maak jy so vroeg by die huis?"

"Kon nie meer die kantoor uitstaan nie. En ek's honger. Lekker gestap?"

Sy knik.

Hoe lank is dit al dat sy elke oggend gaan stap? wonder hy. Vyf jaar? Tien?

Hy tree in November eindelik af. Dalk is dit dan die tyd om elke oggend die vyf kilometer saam met haar te gaan stap. Hy begin die borde aandra tafel toe. Haal sap uit die yskas, skink filterkoffie.

Sy glimlag vir hom. "Dankie, Leon, dit lyk heerlik."

Toe hy sy leë bord wegskuif, draai sy na hom. "Wat pla jou?"

"Pla?"

"Ja, ek kan sien iets pla. Vertel my."

Dis wat hom in die eerste plek na Marie aangetrek het, behalwe haar voorkoms, natuurlik: haar belangstelling. In hom. In wat hy dink. In wat hy voel.

33

"Dis hierdie saak," sug hy.

"'n Nuwe saak?"

Hy knik.

"Vertel my."

Dis die ander rede hoekom hy haar uit die staanspoor onweerstaanbaar gevind het: sy val jou nie in die rede nie. Sy gee jou kans om jou storie te vertel. Sy luister na elke woord en dan vra sy vrae.

"Maar is dit nie 'n open-en-shut case nie?"

"Dit is," sug hy. "Skulderkenning, vingerafdrukke op die moordwapen – neem ek aan, want ons wag nog vir forensies. Bloed aan haar klere, aan haar persoon. 'n Ooggetuie. Dis 'n open-en-shut case, maar . . ."

Sy wag stil dat hy sy gedagtes formuleer.

"Maar vir die eerste keer in my professionele loopbaan kry ek die moordenaar jammer. Dink jy ek raak oud?"

Sy lag. "Jy sal nooit oud raak nie, Leon."

"Anna Bruwer glo dit was haar lot om haar stiefpa te vermoor, dat sy nie 'n keuse gehad het nie. Sy het agt ure gery om hom twee keer voor 'n ooggetuie te skiet. By hom in sy bloed gekniel om seker te maak hy's dood."

"'n Wraakmoord."

Hy kyk lank na haar. "Ja," knik hy oplaas. "Ek vermoed dat hy haar seksueel misbruik het. Verkrag het. Vir haar en haar suster."

"Dan is dit goed dat hy dood is."

Hy skud sy kop. "Nee, moord bly moord. In my vyf-en-dertig jaar diens het ek nog nooit iemand moes doodskiet nie. Waarskuwingskote, ja."

"Daar is gevalle waar dit onvermydelik is, Leon, jy kan nie stry nie."

"Nee. Jy kan wond, jy kan dreig, jy kan met iemand redeneer, maar moord? Nee, soos ek vir Anna Bruwer gesê het: jy het altyd 'n keuse."

Dis skemer in die sel toe ek wakker word, alhoewel die son hoog sit. As ek my nek op 'n sekere manier draai, kan ek die son deur die klein venstertjie sien.

Ek wonder nie waar ek is nie. Ek is nie gedisoriënteerd nie. Die reuke, die klanke, die hele mistroostigheid laat by my geen twyfel nie. In die hel, dis waar ek is. Deur my eie toedoen. My keuse. Het ek die regte keuse gemaak? Hoekom twyfel ek nou?

Dis net omdat ek bang is. Ek hét reg gekies. Dit was my verantwoordelikheid om 'n einde aan alles te maak.

Ek draai versigtig op my rug, die regterkant van my lyf protesteer. Doodgeslaap. Dood. 'n Woord wat 'n mens hoeveel keer per dag gebruik sonder om te dink. Ek sal jou doodmaak. Hoeveel het die moed om dit regtig te doen?

Ek het hom nooit gedreig met die dood nie. Net dat ek my ma sou sê. Nie dat dit gehelp het nie. Maar met die dood? Nooit. Gewens, ja. Daaroor gedroom. Gefantaseer. Gewoonlik 'n grieselrige, bloederige affêre in my kop sien afspeel. Ek wou hom seermaak, soos hy met my gedoen het. Soos hy met Carli gedoen het. Ek wou hom verneder. Tot in die aarde toe. Maar nooit, nie vir een oomblik het ek gedink ek gaan dit doen nie. Nie ek nie. Nie goeie, wetsgehoorsame Anna nie. En tog, hier lê ek op 'n vuil matras met 'n stinkende kombers onder my kop, my lyf seer en koud.

Ek draai my kop effens. Die ander vroue lê ook almal op hulle matrasse, oënskynlik aan die slaap. Sou dit al ná middagete wees? Kry 'n mens drie maaltye hier: ontbyt, middagete, aandete?

Ek probeer so geruisloos moontlik wegskuif van die vreemde lywe wat aan myne raak, maar maak nie saak watter kant toe ek mik nie, daar is 'n lyf wat teen myne druk. Ek wens vir 'n tandeborsel, mondspoelmiddel. My blaas is vol, al het ek nog niks gehad om te drink nie. Dit laat my besef dat ek dors is. Vir enigiets, maar verkieslik koffie.

Hoe laat is dit? Uit gewoonte kyk ek na my pols. Niks. Nie 'n horlosie nie, nie 'n selfoon nie. Ek dwing my lyf in 'n sittende posisie. Die toilet is 'n probleem. Dis oop. En vuil.

Die vrou wat vir my plek gemaak het langs haar kom ook regop en gaap hard. "Vir wat's jy in, sugar?"

Sy leun so naby aan my dat ek die suur van haar asem ruik. Ek deins onwillekeurig weg, voel dan skaam oor my reaksie. Skud my kop.

"Wil jy nie sê nie?" Sy snuif, bekyk my op en af. "Kan nie vir prostitution wees nie, niemand sal na jou kyk met daai baggy klere en short hare nie. Vir wat dra jy jou hare so stomp?"

Toe ek nie antwoord nie, sê sy: "Ek's in vir prostitution. My derde keer. As dit so aanhou, gaan ek customers begin verloor." Sy klink selfvoldaan.

Ek hou my oë afgewend, hoop sy kry die boodskap dat ek nie met haar wil praat nie. Ek wil met niemand praat nie, ek wil net sit. En dink. En bid. En hoop.

Sy snuif weer, fluister dan hard: "My toppie se skuld. Hy't my ge-use en ge-abuse. Jy kan maar sê hy't my virrie trade grootgemaak."

Ek draai my kop weg van haar. Ek verstaan dit nie. Hoekom is daar vroue wat seksueel misbruik is en tog is hulle bereid om seks te hê teen betaling? Hoe kan hulle hoegenaamd seks hê?

Tog verstaan 'n deeltjie van my dit. Het ek nie op skool rondgeslaap nie? Links en regs seks gehad sonder die byvoordeel van betaling. En al lewe ek reeds jare lank in selfopgelegde selibaatskap is die wete altyd daar: jy was ook so. Jy is nie beter as 'n prostituut nie.

"Moord." Ek draai terug na haar. "Ek is in vir moord."

"Die bastard jou verkrag?"

Ek knik, verbaas.

"Goed so, dat jy hom gelem het."

"Ek het hom geskiet."

"Good for you," kom 'n ander stem by. "Ek moes my man met die lem bykom, hy het my geslaan. Virrie laaste keer, mind you."

Almal sit nou regop, gaap, vee hare plat, krap aan 'n jeukplek. Ek begin gesigte by die stemme las.

"Ek's in vir diefstal."

"Dronk op straat."

"Drugs."

"My naam is Violet," sê my prostituut-buurvrou. "Wat's joune?"

"Anna. Ek is dors."

"Kom." Sy staan kreunend op, trek my aan die arm op. "Ek wys jou."

Langs die toilet is 'n gat in die muur en 'n spuitkop waaruit water drup. "Kyk," beduie sy, "jy trek die levertjie en die water spuit uit."

Ek doen dit, drink groot slukke water.

"Wil jy pie?"

Ek knik.

"Haai, kyk weg," praat sy met die ander. "Sy wil pie en nie gesien word nie!"

"Dis baie vuil, miskien moet ek knyp."

"Sallie werkie. Ons het ook niks om skoon te makie. As ons net 'n kombers gehet het, kon ons dit oppie vloer gooi, dan is jou voete darem droog. Was dit winter gewees kon ons, dan kry jy twee komberse. Maar nou . . ." Sy trek haar skouers op.

"Gee my kombers."

Sy skud haar kop. "Nee, jy gaan hom nodig het vanaand, dit raak koud. Pie nou maar."

Ek gaan sit, gril vir die nat onder my voete, vir die sweetpakbroek wat nou ook nat om die pype gaan wees.

"Sjame, nie eers 'n pêntie nie," skud een van die ander kop.

"Sjarrap jy!" sis Violet. Sy kyk na my. "Mary," beduie sy met die kop, "hou haarself so heilig soos die virgin, maar suip aanmekaar. Het nog nooit 'n pêntie gesien nie, wat van dra."

"Fok jou, Violet!"

"Fok jou terug, Mary."

Dankie tog hier is toiletpapier, sug ek en trek my broek op.

Ek draai om, soek waar ek die toilet moet trek, maar Violet keer. "Sallie helpie. Die ding is lankal stukkend."

Buite die geluid van sleutels, die hek wat skree. Die staaldeur gaan oop.

"At last, ek is fokken honger!" sê iemand.

'n Vrou staan voor die traliehek, borde in haar hande. Iemand agter haar gee nog borde aan, sy vir ons.

Ek gaan sit op my matras, kyk na die enemmelbord in my hand. Geen mes, geen vurk. Waterige, fyngekookte hoender op papgekookte rys. Groen groente. Spinasie? Groenbone? Kan papgekookte ertjies ook wees.

Ek is honger. Wanneer laas het ek geëet? Ek kyk af na die bord. Tronkkos.

Nee, besluit ek, só desperaat is ek nie. Ook nie so honger nie.

"Gaan jy nie eet nie?" Violet se oë bly op my kos.

Ek skud my kop en hou die bord na haar uit.

"Asseblief, Sup, dis ou mense en hulle het ver gekom," praat Joubert van Heerden mooi. "Net tien minute, hier in jou kantoor, onder jou toesig. Hulle is baie bekommerd oor haar, en ek oor hulle. Laat hulle net sien dat sy oukei is."

Windhond wik en weeg, kyk opsommend na die man.

"Sup ken my," pleit die prokureur nou behoorlik. "Ek sal nooit so iets vra tensy dit regtig nodig is nie. Asseblief."

Hoeveel keer het hulle twee nie al in die hof teen mekaar baklei vir reg en geregtigheid nie? dink Windhond. Hy oorweeg die opsies. Dit word nie gedoen nie, sy is 'n verdagte. Maar wragtig, hy kan nie aan haar dink as 'n moordenaar nie. Wat gaan tien minute ook nou eintlik aan hom doen? Vir haar, aan die ander kant, kan dit dalk baie beteken.

"Goed," hoor hy homself sê. "Maar net tien minute. En vanaand ná agt, wanneer hier minder oë is."

Toe Van Heerden met 'n dankbare glimlag uit die kantoor loop, skud Windhond sy kop. Hy is besig om sag te word, so op sy oudag.

Hy tel die gehoorbuis op, skakel sy huisnommer. "Ek gaan laat wees vanaand," sê hy toe Marie antwoord. "Ek het my deur die snotneusprokureurtjie laat ompraat dat die moordverdagte besoek mag ontvang. Vanaand in my kantoor. Ek is besig om my edge te verloor."

"Wat jy doen, is menslik, Leon. Deernisvol."

Hy snork en sit die telefoon terug op die mikkie. As hy tot laat op kantoor moet bly, kan hy hom net sowel besig hou, besluit hy en trek Anna Bruwer se dossier nader.

Hy, Windhond Webber, deernisvol!

Ek lê op die matras, arms onder my kop gevou, starend na die plafon. Probeer uitwerk hoeveel tyd verloop het sedert middagete. Probeer my verbeel dat ek op 'n ander plek is. Dat ek nie die geskel en gevloek en gekerm om my kan hoor nie. Dat ek die son op my vel kan voel. Dat ek nie honger is nie. Ook nie dors nie.

As ek opstaan vir water, gaan hulle weer met my wil praat, en ek wil nie mee gepraat wees nie. Nee, dan eerder dors.

Ek maak my oë toe, sien bloed, maak hulle vinnig weer oop. Moenie dink aan sy liggaam nie. Moenie dink aan al die bloed nie. Moenie onthou dat jy gegly het in die plas bloed wat langs hom opgedam het nie, hoe jy hande-viervoet daarin gestaan het nie. Moenie onthou hoe jy jou bebloede hande na sy bebloede nek uitgesteek het om sy pols te voel nie. Moenie sy lewelose oë onthou nie. Dink aan iets anders.

Soos wat? Soos: is dit moontlik dat jou reuksin mettertyd kan afstomp? Of raak jy net gewoond aan die stank, sodat dit normaal begin ruik? Is dit moontlik dat ek, wat twee keer 'n dag moet stort, soms meer, myself kan ruik en dit as niks afmaak nie?

Ek sal nooit sy oë vergeet nie. Nee, dink aan iets anders!

Sal dit beter gaan in die tronk as hier in die aanhoudingsel? Daar sal darem seker iets wees om te doen? Hulle sal my seker besig hou? Probeer rehabiliteer dalk?

Die gerinkel van sleutels dui iemand se aankoms aan. Dis dieselfde konstabel wat my vanoggend hierheen gebring het.

"Kom," sê sy, "julle het 'n uur."

'n Uur vir wat? Mag ons stort?

Sy laat die deur oopstaan, stap na die eerste deur, sluit dit sorgvuldig agter haar toe.

'n Uur, dring dit tot my deur. 'n Uur in die groter vertrek, met die son wat jy darem op jou lyf kan voel. 'n Uur om te staan, want daar is niks om op te sit of te lê nie.

Aandkos is sop en amper 'n kwart brood. Droog, geen smeer. Beker koffie. Ek is lus vir koffie. Ek is mal oor koffie, maar dié reuk walg my.

Ek hou my kos uit na Violet, wat dit vinnig gryp.

Ek kyk op na die venstertjie, waar dit al donker is. Sluit my ore vir die geslurp en gesluk om my. Een trietserige dakliggie wat die donkerte moet verdryf. En nie 'n baie goeie job doen nie. "Sit hulle die lig snags af?"

Violet hou op slurp, breek luidkeels 'n wind. "Never-ever, darling. Daai lig brand dag en nag."

Die deur skreeu weer oop, 'n ander gesig verskyn. "Bruwer, kom saam."

Hoekom? wil ek vra. Waarheen? Maar stom Anna staan net op, loop agter haar aan.

Sy sluit die deur agter my. "Hou uit jou hande."

"Hoekom?" vra ek tog.

"Ek moet jou boei."

"Hoekom?" skrik ek.

"Sodat jy nie weghardloop nie. Hou jou hande voor jou uit."

"Ek sal nie weghardloop nie." Ek kyk af na my hande, sien dat daar nog droë bloed onder my naels sit.

"Maak nie saak nie, ek moet nog steeds." Die koue boeie glip om my polse, klik toe. "Kom."

Ek herken die pad na die superintendent se kantoor. Voor sy die deur oopmaak, sorg ek dat my masker stewig in plek is. Hy mag nie sien hoe bang ek is nie.

Maar toe die deur oopgaan, sien ek die drie mense vir wie ek die liefste is. Ek voel hoe my masker glip. Ek hou my oë neergeslaan terwyl sy die boeie losmaak, wil graag in Marnus se arms inloop. Wil hê dat hy die een moet wees wat my vashou, my vertroos. Weet ek kan nie.

Daarom loop ek in tannie Miriam se oop, wagtende arms in. Ek laat toe dat haar kop op my skouer rus, ek hou haar rukkende lyf styf teen myne vas. Ek word die vertrooster.

Oom Retief se hand kom swaar op my skouer lê. "Anna."

In daardie een woord hoor ek soveel meer. Liefde, aanvaarding, verdraagsaamheid. Ondanks.

Ek draai na hom. "Ek moes dit doen, oom. Ek kon nie anders nie. Vir Carli, vir myself."

"Sjuut," sê hy en druk my teen hom vas.

Toe hy my laat los, mag ek na Marnus draai. Mag ek in sy omhelsing instap. Weet ek dis waarvoor ek die hele tyd gewag het. Dat dit reg is, en terselfdertyd heeltemal verkeerd.

"Ag, kind . . ."

Dis tannie Miriam wat my na 'n stoel lei, 'n toebroodjie aanbied, vir my soet koffie uit 'n fles skink. Ek eet en drink en sluk dankbaar onder hulle blikke. Tannie Miriam is hartseer, maar tevrede dat ek die kos so geniet. Oom Retief is bekommerd. Marnus . . . Ek weet nie wat hy dink nie, hy was nog nooit maklik om te lees nie.

Superintendent Webber staan eenkant, langs die prokureur van vroeër. Albei se gesigte is onleesbaar. Hulle het hulle maskers van professionaliteit op, besef ek.

"Ek wil hê jy moet iets vir my doen, Anna," sê oom Retief. Ek knik.

"Ek wil hê dat jy Joubert as jou regsverteenwoordiger sal vertrou."

Ek kyk vlugtig op na die groot man. "Ek is skuldig, oom."

"En dis die ander ding, my kind. Jy moet onskuldig pleit wanneer die verhoor begin."

"Maar ek ís skuldig. Ek het hom geskiet, ek wou, ek móés."

"Skuld is 'n relatiewe begrip, Anna. En jy is mos 'n vegter. Wat het van jou vegtersinstink geword?"

"Het ek destyds vir Carli geveg, oom? Vir myself?"

Sonder dat ek dit kan keer skiet my oë vol trane. "Nee, ek het verkies om te vlug, om by oom-hulle te gaan bly, om te maak asof niks gebeur het nie. Ek het van Carli vergeet, ek het haar gefaal."

"Jy kan nie verantwoordelikheid aanvaar vir wat met Carli gebeur het nie, Anna!"

Tannie Miriam se stem is skerper as wat ek dit al ooit gehoor het.

"Wie anders sal vir Carli verantwoordelikheid neem?"

Marnus kom hurk voor my, vat my hande in syne. "Asseblief, Anna? Aanvaar Joubert se hulp."

Ek kyk lank na die geliefde gesig voor my, knik dan. Ek weet ek het hulp nodig.

Oom Retief maak keel skoon. "Joubert, wie is die staatsaanklaer?"

"Vicky Gouws, oom."

"Het julle al ooreengekom oor borgvoorwaardes?"

"Ja, sy sal nie borgtog teenstaan nie. Die een ding waaroor sy egter baie sterk voel, is dat Anna nie toegelaat kan word om die stadsgrense te verlaat nie."

"Sy is nie 'n vlugrisiko nie, en sy het 'n besigheid in Knysna. Het jy dit so aan haar verduidelik?"

As antwoord lig die prokureur sy wenkbroue.

Oom Retief glimlag flou. "Ek is jammer, natuurlik sou jy."

"Al wat ons nodig het," Joubert van Heerden kyk na my, "is 'n beëdigde verklaring deur juffrou Bruwer."

"Ek het al 'n verklaring by die superintendent gemaak."

"Hierdie is iets anders, Anna," verduidelik oom Retief. "Hierdie verklaring dui aan waar jy sal bly, dat jy nie op die vlug sal slaan nie, dat jy na jouself kan omsien, ensovoorts." Hy draai na Joubert. "Kan ons dit sommer nou doen?"

"Reeds gedoen, oom. Ek het haar besonderhede uit die polisieverklaring gekry. Sy moet net deurlees en teken."

Hoekom praat hy nie met mý nie? Ek hou my hand uit vir die vorm, maar dis superintendent Webber wat dit by die prokureur vat. Hy beduie ek moet hom volg.

Ek stap gedwee agter hom aan na die aanklagkantoor. Hy wink 'n konstabel nader.

"Indien daar enige foute is, haal dit net deur en maak dit reg."

Ek skrik effens vir die stem agter my, ek het nie besef die prokureur het ons gevolg nie. Ek lees die verklaring vinnig deur, kyk op na die konstabel toe ek die eed aflê en teken op die aangewese plek.

Terug in die superintendent se kantoor hou tannie Miriam klere na my uit. Jeans, tekkies sonder veters, onderklere, 'n bloesie, ligte baadjie. Seep, nie sjampoe nie, deodorant, tandeborsel, nie tandepasta nie, handdoek.

"Hulle het die sjampoe en tandepasta gevat, bang jy drink dit. Ook jou veters."

Ek knik.

"Sup Webber sê jy kan stort voor jy teruggaan."

"Jy kan in die sel stort," praat die superintendent vir die eerste keer met my. "Ek sal sorg dat jy tandepasta kry."

Buite die deur gaan ek staan. Ek draai om sodat ek na die drie gesigte kan staar. Sodat ek elke detail daarvan in my geheue kan brand. Doen ek die regte ding? Moet ek nie . . .

Nee, ek moenie. Ek doen die regte ding.

Die konstabel sluit die eerste hek sorgvuldig toe, laat die deur oopstaan. "Stort en trek aan, ek het nie baie tyd nie."

Ek draai die kraan oop, die water is koud. Staan bibberend en kaal onder die yl straaltjie, was my hare, my lyf met die seep. Hou my tandeborsel na haar uit sodat sy tandepasta kan opsit. Borsel en borsel om die suur smaak uit my mond te kry.

Sy gee die handdoek aan. Ek droog af, maak of ek nie haar oë op my lyf voel nie. Spuit deodorant aan. Trek aan.

"Dankie, konstabel."

Sy vat die rooikop se gymklere, hou haar hand uit vir die toiletware en handdoek. "Ek gaan dit môre nodig kry," keer ek.

"Mag dit nie hou nie. Ek sal sorg dat jy dit terugkry. Kom."

Sy sluit die seldeur oop, die hek. Toe sy die deur agter my wil toetrek, keer ek met 'n hand op haar arm. Sy deins nie terug nie, sy pluk nie haar dienspistool uit nie, sy kyk net met iets soos simpatie na my.

"Word die ligte snags afgeskakel?" maak ek seker.

"Nee," antwoord sy sag. "Hier raak dit nooit heeltemal donker nie."

Dis goed, ek hou nie van die donker nie.

Toe ek weer op die matras lê, dié keer met selfs my tekkies aan, laat ek myself vir die eerste keer toe om te huil. Laat ek myself vir die eerste keer toe om te hoop. Môre gaan die prokureur aansoek doen vir borgtog.

"Môre dié tyd is jy by die huis," het tannie Miriam gesê.

4

Dis 'n ander vrou wat die oggend se kwart brood en koffie bring, terwyl dit nog donker buite is. Sy praat nie, verwerdig haar nie eens om na ons te kyk nie.

Ek eet nie. Nie omdat ek vir die kos gril nie, maar omdat my maag 'n bondel senuwees is. Ek kan 'n hoofpyn voel aankom. Wat as die borgaansoek nie slaag nie? Wat as Joubert van Heerden verkeerd is? Hoe lank moet ek dan nog in hierdie hel sit?

Later kom haal hulle ons. Ons stap, geboei, met dieselfde paadjie as gister, verby dieselfde blomme. Ek, Violet, Mary en die ander wie se gesigte ek ken, maar die name nie kan onthou nie. Dis stil in die vangwa; die kwinkslae, gevloek en gekla het in die sel agtergebly. Ek sien dieselfde vrees wat in my lê in die oë om my.

Buite die klein vensters van die voertuig gaan die lewe sy normale gang. Ek is half verbaas daaroor. Behoort die wêreld nie tot stilstand te kom nie? Anna Bruwer het vir Danie du Toit vermoor. Dis tog tot stilstand skokkende nuus?

Die vangwa stop voor 'n onindrukwekkende gebou. Ons word geboei na binne gelei, ten aanskoue van almal. Ons sit langs mekaar op harde houtbankies, mans en vroue, met twee polisiemanne en een vrou wat ons stilswyend dophou.

"My jirre, Piet! Vir wat's jy in?"

Ek kyk na die man met wie Violet praat. Hy is maer en lyk verskrik.

"Shoplifting."

"Al weer."

"'n Man moet eet ok."

Sy knik. "Issie waarheid, ou Piet, issie reine waarheid. Vir wat's jy so bang?"

"Nee, jirre, Violet, ek moet bail kry, hierie issie jou ma se hys nie. Hierso sal ek vrek, ek sê jou."

Hy's reg oor die eerste deel, dink ek. Ondanks die vullis en die stank en die nimmereindigende gekerm, ondanks die sieldodende verveling met niks om te doen nie behalwe om te dink, het ek hier veiliger gevoel as in my ma se huis.

"Anna Bruwer!" roep 'n man van binne die deur.

'n Vrou neem my stewig aan die boarm en lei my die hofsaal binne. Ek kyk nie op nie, ek wil nie weet wie hier is nie. Ek maak my ore toe, kyk op my voete, konsentreer daarop om een voet voor die ander te sit.

Sy gaan staan voor 'n houthekkie, knip die boeie om my polse los. Ek kan duidelik tannie Miriam se intrek van asem hoor. Die bewaarder maak die hekkie oop, beduie my daardeur en knip dit toe. Houtafskortings voor my, weerskante van my en agter my. Ingeboks. 'n Smal houtbankie agter my waarop ek gaan sit.

"Bly staan," fluister sy en ek staan vinnig op.

Met my rug na die saal kyk ek om my rond. 'n Onindrukwekkende vertrek, net soos die gebou. Voor my die landdros, deftig in sy swart toga. Joubert van Heerden wat stip na die landdros kyk. 'n Vreemde vrou sit aan sy linkerkant.

Die landdros kyk op. "Juffrou Gouws, sal u die aanklag uitlees?"

'n Mooi vrou, donker hare wat op haar skouers val, kom orent.

"Die beskuldigde, Anna Bruwer, word daarvan aangekla dat

sy op die negende Februarie van 2004 wederregtelik en opsetlik die dood van Daniël Jakobus du Toit veroorsaak het."

Hoekom sê sy nie net moord nie? Ek voel sweet onder my arms uitslaan, my ore slaan toe. Om my die vae gedreun van stemme.

"Verstaan u die borgvoorwaardes, juffrou Bruwer?" vra die landdros.

Ek knik outomaties.

"Goed, ek herhaal: Jy moet jou paspoort inhandig. Jy mag nie die stad of die land verlaat nie. Jy mag nie kontak maak met getuies in die saak nie. Jy moet elke oggend voor tienuur by die Parkweg-polisiestasie aanmeld. Borg van vyfduisend rand word toegestaan."

Windhond Webber sit stil en luister. Hoekom is hy hoegenaamd hier? Hoekom voel dit asof hierdie saak vir hom meer as net nog 'n saak geword het?

Sy werk is immers afgehandel. Die skuldige is geïdentifiseer, al het sy haarself oorgegee. Sy is gearresteer. Hy behoort verlig te wees, verheug. Nog 'n suksesvolle saak. Maar in plaas daarvan voel hy . . . wat? Teleurgesteld? Jammer vir haar? Hoekom?

Hy sug toe sy net haar kop knik op die landdros se vraag. Hy hoop dat sy vir haarself sal baklei. Dat sy meer vuur sal toon as wat tot dusver die geval was. Hoekom wil hy hê sy moet?

Eers toe die landdros uitstap en dieselfde bewaarder weer die boeie om my polse slaan, kan ek my ore oopmaak. Ek hoor hoe tannie Miriam agter my huil.

Die bewaarder vat my na die hof se aanhoudingselle. Dis amper so erg soos die selle by die polisiestasie. Die stank is darem minder, seker omdat niemand 'n nag hier deurbring nie.

Toe sy die boeie van my polse afhaal, vra ek sag: "Het die borgaansoek misluk?"

"Nee, jy't bail gemaak."

"Wat doen ek dan hier?"

"Die bail moet eers by die klerk van die hof inbetaal word voor jy kan gaan."

Marnus staan en kyk hoe 'n polisievrou my goed vir my te-ruggee. Sy bekyk eers die vorm wat ek na haar uithou, haal dan stuk vir stuk my goedjies uit en skuif dit oor die toonbank. Lyk ek vir hom so onversorg, so verslons soos wat ek voel? Lyk ek vir hom na 'n misdadiger? 'n Moordenaar?

Toe ek eindelik voor hom staan, slaan hy sy arm om my lyf. Saam stap ons na my motor toe. Ek hou die sleutel na hom uit en hy sluit die passasierskant se deur vir my oop. Maak seker dat die deur toe is voor hy omloop en agter die stuurwiel in-klim.

"Ek kan nie wag om te bad nie," sug ek. "Ek wil uit hierdie klere kom, dit ruik na tronk."

"Ma het vir jou amper 'n kas nuwe klere gekoop."

Ek trek my tekkies uit, begin die veters inryg. Trek aan, maak die veters styf vas.

"Anna?"

Toe eers draai ek na hom. "Ek is jammer dat ek vir jou gelieg het toe ek gesê het ek kom voorraad koop. Ek is nie spyt dat ek hom geskiet het nie. Ek het geen ander keuse gehad nie."

Hy knik. Omdat hy met my saamstem? Of omdat hy sonder woorde sit?

"Ry, asseblief. Ry net weg hiervandaan."

Hy skakel die motor aan, trek weg.

"Waarheen gaan ons?"

"Na Joubert se huis. Ma-hulle wag daar vir jou." Hy kyk vinnig na my voor hy weer op die pad konsentreer. "Ek moet teruggaan, ek kan Christelle nie langer alleen los nie." Hy glimlag liggies. "Sy's amper vier maande swanger en sukkel steeds met naarheid, en nie net in die oggende nie."

"Wanneer gaan jy?"

"Ek is op die sesuurvlug."

"Kan ek saam met jou gaan? Na my eie huis toe?"

"Anna, jy het tog gehoor wat die landdros gesê het. Jy mag nie die stad verlaat nie."

"Maar wat van my besigheid?"

"Moenie jou oor die besigheid bekommer nie. Jy het mos vir Magda. En ek en Pa sal ook gereeld daar inloer."

"Waar gaan ek dan bly?"

"By Joubert, tot ons ander reëlings kan tref."

"Ek wil nie alleen by hom bly nie."

"Dis net tydelik, Anna. En jy sal nie alleen wees nie. Pa en Ma is daar totdat jy 'n plekkie kry."

"Hy hou nie van my nie. Hy kyk na my met . . . met oordeel."

"Jy verbeel jou dit. Gee hom jou samewerking. Vertrou hom. Hy is hier om jou te help."

"Ken jy hom?"

"Jy ken hom ook, ons was saam op skool. Ek en hy was in dieselfde klas en ons pa's was vennote. Hy's later na 'n ander skool toe, maar jy moet hom onthou? Hy't baie saam met sy pa by ons huis gekom."

Ek skud my kop. "Ek onthou hom nie."

Hy sug. "Jy't destyds ook nie veel gemeng nie. Altyd in jou kamer weggekruip wanneer ons gaste gehad het."

Jy sou ook as jy op sestien swanger was.

"Joubert is 'n goeie mens, Anna, en 'n briljante prokureur. Vertrou hom net."

Ons nader 'n groot huis met skadubome in die voortuin. Tannie Miriam staan soos 'n hoenderhen en wag toe Marnus in die oprit stilhou. Ek klim uit en stap gewillig in haar oopgespreide arms in. Laat toe dat sy my kloekend die huis inlei.

Kos, dink ek toe die heerlike geure my neus tref en my maag bollemakiesie slaan van honger. Kos, 'n bad en 'n hoofpynpil, dis wat ek nou nodig het.

"Ek het vir jou 'n lekker warm skuimbad getap die oomblik toe Marnus my bel," sê tannie Miriam. "Kom, eerste dinge eerste. Ons moet jou uit hierdie vuil klere en in die bad kry. Dan kan jy oom Retief groet en eet."

Weer laat ek my lei sonder om 'n woord te sê. Want ek weet nie wat ek mag sê nie. Wat ek móét sê nie. Jammer? Vir wat? Ek is nie jammer nie. En sy sal dit weet.

Die badkamer is toe onder die stoom. Tannie Miriam beduie na die handdoek en die hopie klere op die bankie in die hoek. "As jy iets nodig het, roep my." Sy trek die deur dig agter haar.

Ek wag 'n rukkie, draai dan die sleutel in die slot. Ek maak seker dat die deur wel gesluit is voor ek omdraai en die klere van my stroop. Die bad lyk aanloklik, maar ek wil nie in die tronkreuke lê en week nie, besluit ek en stoot die stortdeur oop. Terwyl ek wag vir die water om warm te word, haal ek die badgoed van die rakkie bo die bad. Daar is aarbeisjampoe en -opknapper en suurlemoenseep. Ek gaan soos 'n bleddie vrugteslaai ruik as ek hier klaar is.

Ek skrop so goed ek kan om ontslae te raak van die tronkreuk wat aan my klou. Maar veral om sy bloedreuk van my lyf af te kry. Ondanks gisteraand se koue stort kan ek dit steeds aan my ruik.

Uit die stort klim ek vinnig in die bad vol borrels, moet glimlag oor die perskegeur. Ek haal 'n netjies opgevoude waslap van die bad se rand af, laat dit eers 'n rukkie in die water lê voor ek dit uitdroog en oor my gesig trek. Afgesluit van die wêreld, dis hoe ek voel met die klam, warm lap oor my gesig.

Daar is min dinge waaroor ek spyt is, lê ek en dink. Dit is ons keuses wat die verskil maak tussen gelukkig wees en ongelukkig wees. Ek was vir jare ongelukkig omdat ek gekies het om vir niemand te sê wat hy aan my gedoen het nie. Net soos ek nou gekies het om 'n einde aan alles te maak.

Ek voel nog nie goed nie. Nie beter nie. Maar dit sal kom, omdat ek dit gaan kies.

Ek haal die waslap van my gesig af, laat dit weer in die water sak. En sien my naels. Swart vlokkies daaronder wat hardnekkig vasgeklou het deur die skraap van die polisie, deur die skrop in die stort. Soos 'n stil getuienis lê dit daar. Vir die oningeligte sal dit bloot soos vuil lyk, maar ek weet wat dit is.

Ek soek vervaard na 'n naelborsel, vat dit twee keer mis in my haas. Dan begin ek skrop. Die ironie daarvan tref my só skielik dat ek onmiddellik die trane kan voel brand. Want vir jare reeds bad ek om van die skande ontslae te probeer raak. Van sy reuk wat vir ewig in my neus vasgevang is. Nou skrop ek sy bloed van my af.

Ek gaan hom nooit van my afgewas kry nie, besef ek toe ek die handdoek vat en my begin afdroog. Ek gaan hom altyd met my moet saamdra. Lewend of dood, Danie du Toit sal altyd deel van my lewe wees.

Hulle is almal in die kombuis toe ek daar instap: oom Retief, tannie Miriam, Marnus, Joubert van Heerden.

Oom Retief trek my in 'n omhelsing in. "Ek is bly jy's hier."

"Ek is ook bly," sê ek, en aan tannie Miriam: "Ek het 'n verskriklike hoofpyn, tannie."

Sy sit 'n oorlaaide bord kos voor my neer. "Eet eers, ek gaan haal 'n pilletjie."

Joubert kyk na my met sy onleesbare donker oë.

"As jy klaar geëet het, wil ons graag met jou praat, Anna. Daar is heelwat dinge aangaande die hofsaak wat ons moet bespreek."

"Nee," sê tannie Miriam, haar stem vol gesag. "Sy gaan bed toe sodra sy klaar geëet het. Wat julle ook al te sê het, kan wag tot môre."

Sy sit 'n kapsule langs my bord neer, 'n glas water daarnaas. Ek kyk dankbaar na haar op. Ek is moeg, ek wil nou net gaan slaap.

Dit lyk vir 'n oomblik of Joubert beswaar gaan maak, maar dan knik hy net.

Ek stap agter tannie Miriam aan, deur die ingangsportaal, op met die trappe. Sy lei my na 'n kamer, vou die beddegoed weg, druk my 'n oomblik styf teen haar vas voor sy omdraai en die deur agter haar toemaak.

Ek staan nader, my oor teen die deur, luister hoe haar voetstappe al dowwer raak. Toe sluit ek die deur en klim in die bed. Trek die duvet tot onder my ken. Die huis pas by Joubert van Heerden, dink ek.

Groot. Donker. Koud.

Toe ek wakker word, is dit oggend en my hoofpyn is weg. Ek sluip deur die stil huis badkamer toe, bang dat ek iemand sal steur. Stort wéér.

Terug in die kamer maak ek een van die kaste oop, kry die

klere wat tannie Miriam gekoop het. Trek aan: jeans, T-hemp, tekkies. My standaard-uniform.

Ná ontbyt bied tannie Miriam aan om saam met my na Joubert se kantoor te gaan.

"Dis nie nodig nie, dankie, tannie."

Dankbaar dat sy nie aandring nie, klim ek agter my motor se stuur in. Dis iets wat ek alleen moet doen.

Ek kry die adres maklik, hou stil voor die ou huis wat in 'n kantoor omskep is. Oorweeg dit 'n oomblik om net daar in die motor te bly sit. Want iemand het my ingewande in 'n ystervuis beetgekry en bly daar druk en druk.

Dit lyk totaal anders as sy huis, sien ek toe ek eindelik die kantoor binnestap. Modern, met kleurvolle skilderye teen die mure. Die ontvangsdame deins nie terug toe ek my naam sê nie.

Nog nie, besef ek dan. Sy weet nog nie wie ek is nie.

Sy beduie my na die leunstoele en lae tafel met tydskrifte. Tel die telefoon op, praat vinnig en saaklik in die spreekbuis, buig dan weer haar kop oor die rekenaar.

Hy laat my ongeveer tien minute wag. Omdat hy regtig besig is? Of om my nog meer senuagtig te maak?

Sy kantoor is 'n verrassing. Anders as in die ontvangslokaal is die meubels van donker hout. 'n Groot lessenaar, die mooiste donkerbruin leerbank, rye en rye regsboeke wat styf teen mekaar ingepak op 'n plafonhoogte boekrak staan. 'n Kapstok in die een hoek met 'n swart toga daaroor, treffende skilderye teen die mure, sy geraamde graadsertifikate in gelid opgehang. Bruine pas by Joubert van Heerden.

Hy slaan die skootrekenaar voor hom toe en beduie my na die bank. Ek gaan sit. Vou my hande netjies op my skoot, my voete langs mekaar. Ek wil sluk, maar my mond voel kurkdroog.

"Kan ek jou iets te drinke aanbied?"

"Water en koffie, asseblief."

Hy draai na die telefoon en toe eers merk ek die skildery agter hom. 'n Boord, neem ek aan, met 'n boom in die voorgrond getooi in ligpienk bloeisels.

Hy sien my daarna kyk. "Dis 'n afdruk van *Die perskeboom in bot* deur Van Gogh. As ek reg onthou, het hy meer as een skildery van perskebome gemaak. Die kleur trek my aan, die slanke lyne van die stam. En veral, vermoed ek, die aanduiding dat daar nuwe lewe op pad is."

Hy maak keel skoon, asof hy skielik skaam is dat hy iets gesê het.

"Dis baie mooi. Is dit die boodskap wat jy graag aan jou kliënte wil sein, dat daar 'n ander, nuwe lewe wag?"

"Ek het nog nooit so daaraan gedink nie."

"Dalk nie doelbewus nie."

Sy ontvangsdame bring die drinkgoed en hy hou die skinkbord vir my. Ek sluk dankbaar aan die glas water.

"Ek het vir jou 'n woonstel gekry," sê hy toe hy weer agter sy lessenaar sit. "Dis 'n eenslaapkamer, in 'n veilige omgewing, en die huur is baie redelik."

"Waar?"

"Naby die universiteit. Dit word gewoonlik aan studente uitverhuur, maar daar bly tans niemand nie. Dis gemeubileer, so dit het alles wat jy nodig sal hê."

"Solank dit net nie in iemand se agterplaas is nie."

"Dit is nie."

"Hoekom kan ek nie teruggaan na my eie plek nie? Ek kan mos hierheen kom vir die hofsaak."

"Jou borgvoorwaardes vereis dat jy in Bloemfontein bly. Dit maak dit vir my ook makliker."

"Hoe het jy so vinnig 'n woonstel gekry?"

"Ek ken die eienaar."

"Dankie."

"Kry die aanwysings by my ontvangsdame as jy uitgaan, dan sal ek jou vyfuur daar ontmoet?"

"Oukei."

"Anna, kom ons praat oor die hofsaak."

Ek knik.

"Eerstens, verstaan jy dat die staat gaan probeer bewys dat jy Du Toit koelbloedig doodgeskiet het?"

Ek knik weer.

"En verstaan jy dat ons moet probeer bewys dat jy geen ander uitkoms gesien het nie? Dat ons alles in ons vermoë moet doen om hulle dit te laat insien?"

"Ek verstaan. Ons moet probeer dat hulle my jammer kry."

"Ek sou dit nou nie heeltemal so gestel het nie, maar ja, dis seker in wese presies wat dit is."

Hy vat 'n sluk van sy koffie, leun vorentoe. "Verstaan jy wat toerekeningsvatbaarheid beteken?"

"Natuurlik. Of ek geweet het wat ek doen toe ek die sneller getrek het. Daar is egter 'n probleem: ek hét geweet. En ek is nie mal nie."

"Dit gaan nie daaroor nie. Net soos 'n geestelik versteurde persoon een helder dag kan beleef, kan 'n sogenaamd normale persoon een dag van kranksinnigheid beleef. Is dit ons verweer, Anna?"

Ek skud my kop. "Nee, ek weier om te maak of ek nie geweet het wat ek doen nie. Ek hét geweet. Ek het dit beplan."

"Dan is jy skuldig aan moord."

"Presies. Dis hoekom ek myself gaan oorgee het, dis hoekom ek skuldig pleit."

"Anna," hy sug, "ek is aangestel om jou te probeer loskry. Jy wil nie onskuldig pleit nie, so daardie plan is in sy peetjie. Dus moet ons tevrede wees met die tweede opsie: ons moet sorg dat jy die ligste moontlike straf kry."

"En dit is?"

"Tien jaar. Miskien minder, tensy daar dwingende omstandighede is."

"Is tien jaar beter as lewenslank? 'n Tronk bly 'n tronk, maak nie saak hoe lank jy daar bly nie."

"Ek verseker jou dat wanneer jy lewenslank opgesluit word, jy sal wens jy het tien jaar gevat."

Ek bly stil.

"Dis nie my plek om vir jou te kies nie, ek kan net adviseer. Daar is natuurlik ook die opsie om van jou swygreg gebruik te maak."

"Wat beteken dit?"

"Dat jy nie erken dat jy die sneller getrek het nie."

"Maar ek het dit klaar erken, aan superintendent Webber en aan nog lede van die polisie."

"Ons kan argumenteer dat jy gedwonge gevoel het om dit te erken."

"Maar ek het nie."

"As jy van jou swygreg gebruik maak, moet die staat bo alle redelike twyfel bewys dat jy die skote afgevuur het."

"Ek het die skote afgevuur. Ek erken dit."

Hy sug. "Nou goed, Anna, vertel my hoekom jy hom geskiet het. Begin voor en werk jou pad deur tot die aand van die agtste Februarie."

Ek sluk, hou my blik op die perskeboom.

"Ek was agt jaar oud toe my ma oom Danie huis toe gebring het. Vandat ek agt was tot my sestiende jaar, was my lewe . . . anders. Dis al woord waaraan ek kan dink om my lewe te beskryf. Anders . . ."

Hy onderbreek my nie een keer nie.

Toe ek klaar vertel het, toe ek myself sover kan kry om na hom te kyk, merk ek iets in sy oë. Nie deernis nie. Net iets wat nie voorheen daar was nie.

"Het jy 'n kontaknommer vir," hy kyk af na sy notas, "Klein-Danie?"

Ek gee dit.

"Weet jy of jou stiefpa dit al voorheen aan iemand gedoen het?"

"Nee, ek weet nie."

"Die kind wat jy vir aanneming opgegee het, weet jy waar sy is?"

"Nee. Hoekom? Wat wil jy met haar maak?"

"Dit sal help as ons DNS-toetse kan doen, om te kyk of hy die pa was."

"Hoe? Hy is dood, onthou."

"Daar is heelwat metodes, moet jou nie daaroor bekommer nie."

"Ek wil nie hê sy moet betrokke raak nie. Ek wil haar nie sien nie. Sy's nou dertien en dis juis so 'n deurmekaar tyd vir 'n kind. Ek wil dit nie verder vir haar bemoeilik nie."

Hy reageer nie daarop nie, gaan voort: "Die staat roep eerste getuies: jou ma, die polisie op die toneel en in die aanklagkantoor, forensies, ensovoorts. Dan eers is dit ons beurt."

"Moet ek getuig?"

"Ja."

Hy staan op, ek word klaarblyklik verdaag. Hy kyk op sy horlosie.

"Ek het vir jou 'n afspraak gemaak by dokter Botha, 'n privaat psigiater. Jy moet elfuur by hom wees."

Ek neem die kaartjie wat hy na my uithou. "Hoekom moet ek 'n psigiater gaan sien?"

"Sodat hy kan besluit of jy toerekeningsvatbaar is. Die staat gaan beslis daarvoor vra, ek is verbaas dat ek nog nie van hulle gehoor het nie. Dis noodsaaklik dat ons ook 'n kenner in die hof moet hê."

"Sal ek hom ná vandag ook kan sien? Ek het . . ." Ek sluk, sukkel skielik om verder te praat. "Ek het behoefte daaraan om met iemand te praat."

"Jy kan nie vir dokter Botha gereeld sien nie, want hy is die een wat in die hof moet getuig en ons wil sy getuienis objektief hê. Maar hy het 'n vennoot."

"Ek wil die vennoot dan meer gereeld sien."

"Ek sal dit reël," knik hy en maak die deur vir my oop.

"Anna," keer hy egter toe ek verby hom stap, "jy is 'n dwaas om nie onskuldig te pleit nie."

5

Hoewel ek hard moet konsentreer om die pad na die spreek-
kamer te kry, kan ek nie die groen gras of die blomme op die
eiland tussen die twee dubbelpaaie miskyk nie. Ook nie die
groot weermagvoertuig wat voor Tempe se ingang geparkeer
staan nie.

Die bordjie wat skielik voor my opdoem, dui die afdraai
Kaap toe aan. N1. Wat sal gebeur as ek links draai? Net aan-
hou ry tot ek voor my eie voordeur tot stilstand kom?

Vir 'n oomblik oorweeg ek dit tog. Ek wil huis toe gaan.

Maar ek laat my voet effens swaarder op die petrolpedaal
rus en ry verby, Langenhovenpark toe. Links, dan regs by die
T. Tweede afdraai links, verby die poskantoor, by die T regs.
Derde huis.

Ek hou in die oprit stil, kyk lank na die tuin. Roosbome in
volle blom, die geur wat soet in die lug hang toe ek uitklim.
Werk niemand in Bloemfontein meer uit 'n kantoorgebou nie?

Op die tuinhekkie pryk 'n bord met die name van dokter
Botha en dokter Du Plessis daarop. Ek stoot die hekkie oop
en stap met die paadjie na die glasdeure wat wyd oop staan.
Ontvangs is klein: 'n lessenaar teen die een muur en twee
stoele teen die ander muur. En leeg. Ek gaan sit op een van die
stoele, tel 'n tydskrif op, blaai lusteloos daardeur. Skrik toe 'n
deur aan die linkerkant oopgaan en 'n ouerige vrou uitgestap
kom.

Sy glimlag vir my. "Juffrou Bruwer?"

Ek staan op. "Ja."

"Jammer dat jy moes wag. Ek hoor gou of dokter gereed is vir jou."

Die dokter is gereed. Een hele muur van sy spreekkamer bestaan uit 'n boekrak vol vreemde titels. Dis die enigste ligpunt in die vertrek. Daarteenoor is die meubels donker, die gordyne somber. Nie die soort plek wat jou met vreugde vul nie.

Nie die spreekkamer wat ek vir 'n psigiater sou inrig nie. Ek sou kalm kleure kies, dalk 'n mooi seegroen, of ligblou en baie wit. Kleure wat die arme verwarde pasiënt se bedonnerde gemoed rustig sal maak.

Die man wat van agter die imposante lessenaar opstaan en na my stap, het spierwit hare en 'n baard, sodat hy soos Kersvader lyk. Ek is amper verbaas toe hy sy hand uitsteek en my na 'n stoel beduie. Vir 'n oomblik het ek verwag dat hy my met 'n ho-ho-ho gaan begroet en my gaan nooi om op sy skoot te sit. Die stoel (bruin) is groot en gemaklik en ek neem plaas.

Hy kom sit in 'n soortgelyke stoel oorkant my, 'n netjiese leerboek in sy hand.

"Kan ek jou maar Anna noem, juffrou Bruwer?" glimlag hy. Ek knik.

"Anna, weet jy hoekom jy hier is?"

"Sodat jy kan besluit of ek geweet het wat ek doen toe ek die sneller getrek het, en of ek in die hof kan verskyn."

"Dis reg. Gebruik jy tans enige medikasie?"

"Nee."

"Is jy al voorheen met 'n misdaad verbind?"

"Nee."

"Was jy al voorheen in 'n hof?"

"Nee."

"Is jy ooit gediagnoseer met 'n psigiatriese probleem?"

"Nee."

"Was jy al ooit op medikasie vir 'n psigiatriese probleem?"

"Nee."

"Het jy 'n geskiedenis van stres? Of was jy al op medikasie vir stres, of 'n stresverwante siekte?"

Dis op die punt van my tong om nee te sê, toe onthou ek. "Ja, ek is as tiener met stres gediagnoseer. Ek het medikasie daarvoor gekry."

"Maar jy gebruik dit nie tans nie?"

"Nee, dit was net een kursus." En ek het die kursus sommer in een aand probeer klaarmaak.

"Waarvan was die stres?"

"Eksamenstres, balletstres, die gewone tienergoed." Van 'n stiefpa wat jou tot in jou diepste wese aanrand en verkrag.

Hy knik, skryf weer iets in sy boek. "Goed. Anna, hoe het jy gevoel daardie dag toe jy jou pa geskiet het?"

"Stiefpa."

"Jammer, stiefpa."

"Ek het niks gevoel nie. Niks spesifiek nie."

"Was jy ontsteld?"

"Ja." Vir jare en jare.

"Waaroor?"

Ek dink lank voor ek sê: "My sussie is kort gelede dood, sy het selfmoord gepleeg."

"Hoekom het sy selfmoord gepleeg?"

"Haar naam is Carli."

"Hoekom het Carli selfmoord gepleeg?"

"Sy was swanger, met sy kind."

"Weet jy dit vir 'n feit?"

"Sy het dit gesê."

"En jy glo haar?"

"Ja."

"Omdat hy jou ook verkrag het."

Dit was nie 'n vraag nie, en ek antwoord nie.

"Jy het hom dus kwalik geneem vir jou suster se self-moord?"

"Hy was skuldig."

"Anna," hy verskuif effens op die stoel, leun vorentoe so-dat ek na hom moet kyk, "Carli is dood. Hoekom hom dood-maak? Wat is die nut?"

"Sodat hy dit nooit weer aan enigiemand kan doen nie."

"Maar hoekom moord? Hoekom nie 'n saak teen hom maak nie?"

Ek lag wrang. "Ek het probeer, jare terug. Het in 'n polisie-kantoor gesit en 'n breedvoerige verklaring afgelê. Niemand wou my glo nie, niemand wou iets doen om hom te keer nie. Hoekom sou hulle nou?"

"Toe doen jy iets."

"Ja."

"Wat dink jy moet die straf vir 'n pedofiel wees?"

"Ek kon nog nooit aan hulle dink as pedofiele nie, dit laat hulle te beskaafd klink. Pedofiel is net 'n geleerde eufemisme vir wat hulle werklik is: kindermolesteerders, kinderverkrag-ters, kinderopfókkers."

"Maar wat dink jy moet hulle straf wees? Gestel die dood-straf was nog geldig, sou jy wou hê dat hulle die doodstraf moes kry? Of lewenslank in die tronk sit? Of sou jy wou sien dat hulle, soos tans die geval is, gerehabiliteer word alvorens hulle weer in die gemeenskap toegelaat word?"

"Dink jy regtig dat hulle rehabiliteerbaar is?"

"Wat ek dink, is nie nou ter sake nie. Ek wil hoor wat jý dink."

Ek dink, nee, ek wéns dat daar vigilantes in hierdie land was.

Dat ek een van hulle kan wees. Dat ons onder, op die suidelikste punt, kan begin, van wes na oos oor die land kan beweeg, dat ons op elke dorp en stad en plaas kan aandoen, dat ons elke kinderverkragter kan doodmartel. Dis wat ek wens, waaroor ek droom: dat hulle uitgeroei sal word soos die vullis wat hulle is. Teregstelling – dit sal die regverdigste straf wees. Maar eers moet hy verneder word.

Maar ek mag dit nie sê nie. Ek mag dit seker nie eens dink nie.

"Ek weet nie wat 'n regverdige straf behoort te wees nie, as dit is wat jy bedoel."

"Ja, dis wat ek bedoel. Hoe dink jy, Anna, sou hierdie land wees as elke mens reg in eie hande neem? Wat dink jy sou gebeur as elkeen van ons met geweld optree teenoor die mense wat ons te na gekom het? Sou daar enigsins iemand oorbly? Sou jý oorbly?"

Ek antwoord nie.

"Het jy die rit hierheen beplan?"

Ek kyk af na die bruin mat se blokkiespatroon. Dis die oomblik waarop Joubert van Heerden hoop. Dat ek sal ontken dat ek bewus was van wat ek gedoen het. Dat ek kranksinnigheid sal pleit. Dis my keuse om te maak: tien jaar of langer?

Ek kyk op, in Kersvader se oë. "Tot in die fynste besonderhede."

"Het jy geweet wat jy doen toe jy die sneller trek?"

"Absoluut, dokter. Ek het geweet wat ek doen toe ek die sneller trek, ek het geweet wat ek doen toe ek oor sy bebloede liggaam kniel om seker te maak hy is dood. Ek het gewééét."

"Was dit verkeerd om hom te vermoor, Anna? Was dit werklik die enigste opsie?"

Ek haal net my skouers op.

"Wat sal jy doen as iets in die hof gebeur wat jy nie verstaan nie?"

"Ek sal my prokureur vra."

Hy kyk lank na my, sy oë simpatiek, voor hy vra: "Wil jy my vertel?"

Wil ek?

Ek kyk na die rye en rye boeke met die vreemde titels, haal diep asem en vertel hom.

Toe ek klaar vertel het, laat ek my kop in my hande sak. Hy bly lank stil. Dan vra hy: "Is jy jammer dat jy hom geskiet het?"

"Was hy?"

Kwart voor vyf stap ek Joubert van Heerden se stil huis binne. Waar is oom Retief-hulle? Het ek verkeerd verstaan? Vlieg hulle vandag al?

Nee, skud ek kop, dis eers môre.

Ek pak so vinnig ek kan, maak seker dat ek alle spore van my kortstondige verblyf in die huis uitwis. Vyfuur klim ek terug in my motor. Ek is klaar laat, besef ek toe ek die aanwysings deurlees.

Gaan deur die universiteitsgronde, dis makliker en vinniger, het die ontvangsdame gesê. Ry deur die hoofhek, hou regoor daardie besige dubbelpad. Sodra jy aan die ander kant kom, draai jy regs. Daar is die woonstelgebou. Maklik.

Vyf oor vyf stop ek voor die sekuriteitshek, waar Joubert reeds wag. Die hek gaan oop en ek ry deur. Alles is inderdaad net vyf minute van mekaar af in Bloemfontein, dink ek toe ek op die parkeerplek stilhou waarheen hy my beduie. Die hitte van die Februariedag vou soos 'n kombers om my toe ek uitklim.

"Jy's laat," begroet hy my toe hy my tas uit die kattebak laai.

"Net vyf minute."

"Laat is laat. Kom."

Ek volg hom met 'n stel baie nou trappe na die tweede verdieping. Af in 'n smal gang tot by woonstel nommer vyftien. Die deur staan oop en ons stap in. Oom Retief en tannie Miriam is reeds daar, besig om kruideniersware uit te pak, bed op te maak, handdoeke uit te hang. Ek wil sê dit was nie nodig nie, ek kan my eie kruideniersware koop, ek kan met slegs 'n kombers oor die weg kom. Maar ek weet uit ondervinding dit sal nie help nie. Hulle bedoel in elk geval net goed.

Ek kyk om my rond. Die plek is klein, maar skoon. En baie wit. Die mure, die bank en twee stoele in die oopplanvertrek, die teëls. Die kombuisie het alles wat ek nodig sal hê. Uit die langerige vertrek loop die kamer met sy dubbelbed en ingeboude kas en spieëlkas, daaruit die badkamer. 'n Stort en 'n bad, spierwit.

Ek knik goedkeurend. Dit sal deug. Tydelik sal dit deug.

Toe die laaste skottelgoed ná ete weggepak is, staan oom Retief en tannie Miriam nader om te groet. Hulle slaap vanaand by Joubert oor en sal môre vroeg in hul gehuurde motor lughawe toe ry. Want hulle is getuies en na regte mag ek hulle nie sien nie. En Joubert, wat van dié feit bewus moet wees, laat dit toe . . .

Ek wil hulle smeek om te bly, om my nie alleen te los nie. Maar ek sê niks, laat net toe dat hulle my nadertrek en omhels. Luister stom na die woorde van bemoediging.

"Ek stap saam met julle om die sekuriteitshek oop te maak," sê Joubert terwyl hy die deur vir hulle oophou, "maar ek moet nog iets met Anna bespreek. Ek sien julle oor 'n rukkie by die huis."

Ek stap uit op die balkon. Hou hulle daarvandaan dop. Veertien jaar los 'n besliste merk – hulle lyk kleiner, weerloser. Kyk hoe oom Retief, sy arm ondersteunend en beskermend om tannie Miriam geslaan, die motordeur vir haar oophou. Hoe hy omstap, die laaste strale van die son wat die grys in sy hare beklemtoon. Ek wuif vir hulle toe die hek oopgaan. Sluk hard toe die hek agter hulle toeskuif.

Toe Joubert omdraai, gaan ek die woonstel binne.

"Hoe het dit by die psigiater gegaan?" vra hy dadelik toe hy inkom.

"Ek het vir hom gesê dat ek presies geweet het wat ek doen toe ek die sneller getrek het."

Hy lig sy hande in 'n moedelose gebaar op, voor hy hulle stadig laat sak. Beduie na die eetkamertafel. "Kom sit."

Hy neem ook plaas. "Dit was ons verweer, verstaan jy, Anna? Daarsonder gaan jy soos 'n wraakgierige, koelbloedige moordenaar lyk."

"Ek is nie 'n wraakgierige persoon nie. Ook nie koelbloedig nie. 'n Oog vir 'n oog het nog nooit vir my gewerk nie. Ek is eerder 'n draai-die-ander-wang-mens. En waar het dit my gebring? Ek het nie 'n keuse gehad nie. Kan jy dít verstaan?"

"Jou afstandbeheer."

Hy gooi dit op die tafel neer toe hy opstaan. Loop uit en maak die voordeur agter hom toe.

Ek vra nie hoe hy by die hek gaan uitkom nie. Maak net die deur weer oop en sluit die veiligheidshek, dan die deur. Leun met my rug daarteen. Ek is wragtig alleen. In 'n vreemde stad, met net twee mense wat ek ken: my prokureur en 'n ma wat ek nie wil sien nie.

Drie, korrigeer ek myself. Ek het van die psigiater vergeet.

Ek slaap onrustig, die stad se geluide onbekend. Iewers

bokant my hou iemand partytjie; ek kan die doef-doef-klanke in my kop voel.

In die vroeë oggendure skrik ek wakker, die geur van Old Spice skielik die kamer vol. Met my hart wat in my keel klop skuifel ek uit die bed. Versigtig om nie 'n geluidjie te maak nie, stap ek voetjie vir voetjie deur die huis.

Niks.

Die deur is gesluit, ook die veiligheidshek. Die ligte brand; alles lyk presies soos dit gelyk het voor ek kamer toe is.

Ek loop terug, klim weer in die bed, sukkel om aan die slaap te raak. Staan later op, gaan sit met my voete onder my ingevou op die bank. Ek moet 'n DVD-speler koop, besluit ek, vir die alleen aande.

Ek verlang na my huis. My kat. My winkel.

My lewe.

Ek háát hom.

6

Die oproep kom deur net toe die vrouekonstabel die groot boek voor my oopmaak en ek my naam soek sodat ek daarnaas kan teken. 'n Bewys dat Anna Bruwer vandag vir die hoeveelste keer die laaste twee weke by die polisiestasie aangemeld het. Ek ignoreer die oproep.

Eers toe ek buite staan, haal ek die selfoon uit my jeans se sak en kyk na die nommer. 'n Vreemde nommer, plaaslik. Terwyl ek nog daarna staar, lui dit weer. Dieselfde nommer.

Ek oorweeg dit om die oproep weer te ignoreer. Nee, dit kan Joubert wees. Ek het nooit sy kantoornommer gevra nie.

"Anna Bruwer."

Dit ís Joubert se kantoor. Die ontvangsdame vra vriendelik dat ek asseblief kantoor toe moet kom wanneer ek 'n oop tydjie het.

Nou nie asof ek 'n besonder vol dagprogram het nie.

Dié keer laat hy my nie wag nie. En ek is dankbaar daaroor, want ek is doodseker dat die vroue in die kantoor nou weet wie ek is. Wat ek gedoen het. Maar, troos ek myself toe die deur agter Joubert toegaan, nie almal het met sies in hul oë na my gekyk nie.

Ek gaan sit op dieselfde bank, terwyl hy agter sy lessenaar inskuif en dadelik koffie bestel.

"Ek het met Danie du Toit geskakel," sê hy toe hy die telefoon terugsit op die mikkie. "Hy sal kom getuig."

Ek knik net.

"Verder het die staat toe 'n verslag deur hulle psigiater aangevra." Hy beduie na die pak notas wat voor hom op die lessenaar lê. "Jy moet haar Donderdag tweeuur sien. Sy is by die Universitas-hospitaal, dis nie ver van my huis nie." Hy maak keel skoon. "As jy wil, sal ek saam met jou gaan?"

Dan is ek darem nie so alleen nie. Ek knik weer.

"En dan . . ." Hy kyk gesteurd op toe die deur oopgaan en die ontvangsdame met 'n skinkbord instap.

Ek hou my blik afgewend terwyl sy die skinkbord op die tafeltjie voor my neersit. Kan tog nie help om op te kyk toe sy omdraai nie. Toe sy die deur oopmaak, kyk sy terug, vang my oë vir 'n oomblik vas. Ek kyk vinnig weg.

"Skink asseblief vir ons, Anna."

Terwyl ek suiker en melk byroer, maak hy weer keel skoon. "Ek het jou dogter opgespoor."

Ek laat stort die koffie wat ek na hom uithou. Dit stroom brandend oor my hand en spat op sy lessenaar. Hy neem die beker vinnig by my, haal 'n sakdoek uit en gee dit vir my aan. Ek droog my hand af, probeer die ergste van die lessenaar dep.

"Los," sê hy, "Eileen kan dit netnou skoonmaak. Sit eers. En luister."

Ek gaan sit, los my beker koffie op die skinkbord. My hande bewe te veel om hulle te vertrou. "Waar is sy?"

"Sy bly so honderd kilometer buite Bloemfontein, op 'n plaas naby 'n klein dorpie."

"Dis toevallig dat sy in die omgewing is."

"Daar is nie iets soos toeval nie."

"Hoe het jy haar gekry?"

"Ek sal verkies om nie daardie vraag te beantwoord nie."

"Ek verkies dat jy dit wel beantwoord."

Hy kyk lank na my voor hy sê: "Tannie Miriam en die ma

het kontak behou. Blykbaar het daar die dag met die geboorte 'n band tussen hulle ontstaan."

"Tannie Miriam . . . Ek moes geweet het. Wat gebeur nou?"

"Dit maak die DNS-toetse net soveel makliker."

"Weet sy van my?"

"Ek glo nie so nie. Die ma het ingestem dat hulle Bloemfontein toe kom vir die toetse, maar op voorwaarde dat die kind nie mag weet hoekom dit gedoen word nie."

"Gaan hulle vir haar lieg?"

"Soms is dit die beste uitweg."

"Wanneer word die toetse gedoen?"

"Ek sal jou laat weet."

"Gaan ek haar sien?"

"Jy hoef nie."

Ek voel uiteindelik kalm genoeg om die beker koffie op te tel. Die warmte in my keel af is vertroostend.

"Intussen het dokter Botha se kamers gebel. Dokter Du Plessis kan jou twee keer 'n week sien, tienuur op Dinsdae en Donderdae. Aangesien ek vandag met jou moes praat en jy Donderdag die staat se psigiater moet sien, sal jou eerste afspraak eers volgende week wees."

"Dankie, Joubert, dat jy dit gereël het."

Hy knik. "Die beste nuus van die dag is dat ons van die DOV gehoor het."

"DOV?"

"Direkteur van Openbare Vervolging, die PG van ouds. Jou saak is na die streekhof verwys."

"Wat beteken dit?"

"Die saak word nie deur 'n regter aangehoor soos in die hooggeregshof nie, maar deur 'n senior landdros. As dit van die staat afgehang het, sou jou saak na die hooggeregshof gegaan het."

Ek kyk steeds onbegrypend na hom.

"Onder die omstandighede is dit baie goeie nuus. Die DOV besluit waarheen 'n saak moet gaan, en dit beteken die DOV glo jy sal nie meer as tien jaar kry indien jy skuldig bevind word nie."

"Dan ís dit goeie nuus."

Hy glimlag.

"Hoe lank duur die hofsaak as ek skuldig pleit?"

"'n Paar maande. Al wat hierdie dan is, is 'n verhoor om te bepaal wat jou vonnis gaan wees. Sou jy onskuldig pleit, sal dit natuurlik langer neem."

"Hoe lank?"

"Dis moeilik om te sê. Alles hang af van hoe vol die hofrol is, en elke dag kom daar nuwe sake by."

"Welkom in Suid-Afrika," sug ek. "Jy ken sekerlik die land-dros, kan jy nie vra dat ons vinniger hierdeur kan kom nie?"

"Dis nie asof ons saam tee drink en gemeenplase uitruil nie, ek ken hom net professioneel. En landdros Motsepe is in elk geval nie die soort wat vinnig deur 'n saak sal gaan net omdat die beskuldigde dit verkies nie."

"Ek het 'n lewe in die Kaap, Joubert. Ek het 'n kat en 'n besig-heid en 'n huis."

"Jy moes daaraan gedink het voor jy iemand doodgeskiet het."

Die droom voel so werklik, die pyn nog erger, dat ek daarvan wakker word. Ek is natgesweet, my asemhaling hortend. Ek kyk vervaard op my selfoon. Tweeuur. Ek sal nie weer kan slaap nie.

Met 'n beker koffie gaan ek voor die venster staan. Maak later die venster wyd oop, dankbaar vir die diefwering. Wens dat ek nie so bang was nie, anders kon ek op die balkon gaan staan het. Ek luister na die geluide van die vreemde stad, geniet die nagkoelte. Draai eers weer om toe die beker leeg is.

Klim tog weer in die bed. Want ek het nie van hom gedroom nie, maar van die kind. Van haar geboorte.

Donderdagmiddag staan ek reeds halftwee voor die sekuriteitshek van die woonstelgebou en wag. My hart klop rukkerig, my hande sweet. Gaan hierdie psigiater anders wees as dokter Botha met die simpatieke oë? Sy werk tog vir die opposisie.

En vandag van alle dae, terwyl ek met alle mag in my motor wil klim en die lang pad huis toe wil vat. Want ek wil by die winkel wees.

Magda het vanoggend gebel. Toe ek die nommer herken, het ek dadelik geweet daar is 'n krisis. Sy bel nooit, want sy is opgewasse vir ongeveer alles wat moontlik in die winkel verkeerd kan gaan.

Dit wás 'n krisis. 'n Kliënt, 'n gróót kliënt, wie se gordyne tien sentimeter te kort is. Tien! Duur, ingevoerde materiaal. Onmoontlik om die soom te laat sak, want die stikwerk sal 'n duidelike patroon op die materiaal los. En die kwelling dat daar nie meer van die materiaal beskikbaar sal wees nie.

Ek het die hele oggend op my laptop en selfoon spandeer. 'n Oproep en e-pos na die kliënt om verskoning te maak. Ek het haar verseker dat ek nog van die materiaal sal kry, dat die gordyne betyds klaar sal wees. By die vierde verskaffer die regte materiaal opgespoor. Net genoeg. Die vrou wat die gordyne te kort gemaak het, is onmiddellik van ons lys verwyder. Uiteindelik iemand opgespoor wat kans sien om op kort kennisgewing aan die gordyne te werk.

Krisis afgeweer. Duisende rande se verlies. Ek hoop – en ek is seker Magda bid – dat daar iewers nog iemand met sulke duur, boheemse smaak is, dat die korter gordyne binnekort huis sal kry.

Dis moeilik om 'n besigheid oor 'n afstand te bestuur.

Die Vrystaatse son brand genadeloos op my neer en ek sug dankbaar toe ek in Joubert se motor kan klim. Ons ry in stilte tot voor die hospitaal.

Hy stap saam met my in die lang gang af, gaan langs my op een van die harde stoele sit wat in gelid teen die gangmuur staan. Tussen ander desperate mense wat hulle beurt by die psigiater afwag. Sy maak self die deur oop wat na haar spreekkamer lei, wuif die persoon wat uitkom agterna voor sy na ons draai.

"Juffrou Bruwer?"

Ek staan dankbaar op. Ek het aangeneem dat ons hier, soos by alle staatsinstansies, lank gaan wag. Draai na Joubert, wat sy kop skud en wys dat ek moet ingaan.

Die psigiater glimlag toe ek verby haar loop, druk die deur sag agter haar toe. Beduie dat ek moet sit en gaan neem agter haar lessenaar plaas.

Haar kwalifikasies hang agter haar, verder is die mure kaal. Haar lessenaar, daarteenoor, is propvol lêers gepak.

Staatskantoor.

Sy trek een nader, skryf voorop: *Anna Bruwer, 11 Maart 2004.*

Sy kyk op. "My naam is Annelien Coetser."

Ek knik.

"Juffrou Bruwer, weet jy hoekom jy hier is?"

"Sodat jy kan besluit of ek geweet het wat ek doen toe ek die sneller getrek het, en of ek in die hof kan verskyn."

"Korrek. Gebruik jy tans enige medikasie?"

"Nee."

Sy is jonk, met sagte oë, waaronder donker kringe soos vlekke teen haar wit vel lê.

"Is jy al voorheen met 'n misdaad verbind?"

"Nee."

"Was jy al voorheen in 'n hof?"

"Jy vra presies dieselfde vrae as wat dokter Botha gevra het. Is dit regtig nodig?"

"Ek is jammer, maar dit is. Was jy al voorheen in 'n hof?"

Aan en aan, terwyl ek soos 'n papegaai dieselfde antwoorde gee. Ek moet weer vertel van die hel waardeur hy my laat gaan het. En vir Carli ook.

"Juffrou Bruwer, is jy jammer dat jy hom geskiet het?"

Wat antwoord ek daarop? Die waarheid? Aan iemand wat vir die staat gaan getuig? As ek nee sê, klink ek soos 'n koelbloedige moordenaar. Antwoord ek ja, is dit 'n lieg.

"Ek weet waaragtig nie."

Vrydag hou ek my in die Mimosa Mall besig. Loop in die winkels rond, koop 'n paar onbenullige goed om die woonstel meer soos 'n huis te laat voel. Pers fluweelkussings vir die wit bank, bruin matjies vir die badkamer. Vrolike koffiebekers en bont borde om in die plek van die wit stel te gebruik. Lekkerruikkerse, boeke, 'n DVD-speler, DVD's, trooskos.

Ek gaan fliek, eet by 'n restaurant. Enigiets om van die stilte ontslae te raak.

Saterdag.

Die besef dat nog 'n dag van stilte voor my lê, daal neerdrukkend op my neer. Ek stap by die polisiestasie uit en besluit op die ingewing van die oomblik om weer na die winkel-sentrum te gaan. Daar is altyd nóg iets om te koop.

Maar van die oomblik dat ek by die Mimosa Mall instap, is die dag gedoem.

Ek het die sneller getrek. Ek het die lewe uit hom sien vloei. En tog sien ek hom in amper elke man van sy ouderdom wat verby my loop.

Ek knip die uitstappie vinnig kort. 'n Dag van stilte is beter as 'n dag van bang-bang oor my skouer loer.

Toe daar Sondagaand 'n klop aan die deur is en ek oopmaak, is ek amper bly om Joubert te sien.

Hy snuif behaaglik. "Dit ruik heerlik."

"Paella. Jy is welkom om vir ete te bly."

"Dankie."

Ek dek tafel, gebruik die bont borde en ewe bont plekmatjies, servette en kerse, haal 'n bottel wyn uit die yskas, twee glase. Terwyl ek werk, hou ek hom dop. Hoe hy sy baadjie uittrek en wragtig vou voor hy dit oor die rugleuning van die bank laat hang, sy das loswoel.

"'n Pak op 'n Sondag? Kry jy nie genoeg daarvan in die week nie?"

"Ek was kerk toe."

Ek skakel die stoof af, dra die pan tafel toe. "Kom sit."

Hou die bottel wyn en oopmaker na hom uit. "Ek het gedink ek kan my sorge dalk minder maak met alkohol, toe koop ek 'n paar bottels wyn. Ek het net vergeet dat ek nie eintlik 'n drinker is nie. Nie alleen nie, in elk geval."

Hy glimlag effens.

Toe ons die leë borde wegskuif, sit hy agteroor, kyk reguit na my. "Danie du Toit word Dinsdagmiddag begrawe."

Ek wou dit nie weet nie. Ek gee nie om nie. "Nou eers?"

"Die patologiese ondersoek is nou eers afgehandel."

Ek sê niks.

"Ek het gedink jy sou wou weet."

Jy het verkeerd gedink. Maar ek knik net, maak weer ons glase vol.

Hy neem die wyn wat ek na hom uithou. "Anna, ons doen môre die DNS-toetse."

Ek skud my kop.

"Asseblief, dit kan nie anders nie, dit móét gedoen word."

"Wat maak ek as hy nie die pa is nie? Wat maak ek dan?"

"Dan werk ons 'n ander strategie uit. Moet jou nie daaroor bekommer nie."

"Almal gaan dink dat ek hierdie slet was."

"Niemand gaan dit dink nie, Anna, glo my."

Ek voel hoe die emosie in my begin opbou. Moet die impuls onderdruk om op te staan en uit te loop.

"Anna, ons moet dit doen. En ek dink die waarheid sal vir jou ook rus gee."

Ek kyk op. "Ek is bang," erken ek.

"Ek weet jy is. As dit anders kon, sou ek dit nooit voorgestel het nie, jy weet dit. Maar dit kan nie anders nie."

Ek laat my kop in my hande sak.

"Vertrou my, asseblief?"

"Oukei," sê ek gesmoord.

"Jy moet drieuur by die laboratorium wees. Hier is die aan-wysings." Hy hou 'n vel papier na my uit. "As jy sukkel om die plek te kry, bel my."

Ek neem die papier, vou dit toe. "Sal ek haar sien?"

"Jy hoef nie as jy nie wil nie."

Ek knik.

"Jy sal daar wees?" maak hy seker.

Ek knik weer.

"Ek moet ry. Dankie vir die lekker ete. Rustige nag, Anna."

Die hele prosedure duur nie eens vyf minute nie. Dis pynloos, geen naalde of bloed nie, wat 'n verligting.

Ek draf die trappies af na my motor. Ek moet so vinnig moontlik wegkom. Ek wil haar nie sien nie.

Ek wil.

Ek wíl haar sien, besef ek toe ek die motor aanskakel. Skakel dit weer af.

Ek sien hulle van ver af aankom. Twyfel nie eens dat dit sy is nie. Toe Carli daardie Vrydagaand voor my deur staan, het ek gedink dat sy na my lyk – dieselfde oë, dieselfde neus, my ma se mond. Niks van hom in haar nie. Hierdie kind, vreemd soos sy is, lyk meer na Carli as wat sy na my lyk. Behalwe haar hare – hoog op haar kop in 'n poniestert. Dit is donkerder as my hare, donkerder as wat Carli s'n was. Niks van hóm in haar nie. Sy is lank en lenig, Carli se lyf.

Hulle stap vlak langs my motor verby, ek sien hoe sy iets vir haar ma beduie. Sien haar hande. Sy het sý hande.

Ek skakel die motor aan, laat dit amper doodruk toe ek weg-trek.

Ek haat hom. Ek haat hom! Ek is bly, dankbaar, verheug dat hy dood is!

Ek haat dit dat my bloed en sy bloed saam in een mens vloei! Ek wil nie aan hom gebind wees nie! Deur niks! Deur niemand!

Dis die vroeë oggendure toe Marie Webber wakker word. Die plek langs haar in die bed is leeg. Sy sien sy selfoon op die bed-kassie lê en weet hy is nie uitgeroep vir 'n saak nie.

Sy staan op, sluip op haar tone in die gang af, versigtig so-dat sy hom nie wakker maak as hy voor die televisie lê en slaap nie. Sy kry hom daar, televisie aan, klank afgedraai, sy kop laag gebuig oor 'n dossier.

Anna Bruwer.

Sy draai om en stap kombuis toe, skakel die ketel aan vir koffie. Uit die kruidenierskas haal sy die sjokoladekoekies waarvoor hy so lief is, en wat sy moet wegsteek sodat hy nie alles op een slag opeet nie.

Toe Windhond opkyk, staan sy in die deur met die koffie en koekies. "Het ek jou wakker gemaak?" vra hy en neem die beker wat sy na hom uithou.

"Nee." Sy kom langs hom op die bank sit.

Hy vat 'n koekie, kyk verskonend na haar. "Ek kan hierdie saak nie uit my kop kry nie."

"Kan ek kyk?" Sy beduie na die dossier.

Hy knik en vat nog 'n koekie.

"Wat my pla," sy glimlag, "is dat jy na die foto's van die moordtoneel kan kyk en dit pla jou nie."

"Dis nie die bloed per se wat pla nie, dis die reuk. Foto's ruik nie."

Sy blaai deur die stapeltjie foto's. "Wat presies is dit wat jou pla?"

"Die woede. Hy staan voor haar, sy's 'n goeie skut, maar sy skiet eers die glaspotte stukkend. Sy verneder hom. Dan stel sy hom tereg. Kan verkragting jou só kwaad maak, my vrou?"

"Natuurlik kan dit. Dis nie net die verkragting van jou lig-gaam nie, dis ook die verkragting van jou siel."

"Ek het al baie verkragtingsake ondersoek. Ek het nog nooit gedink dat die verkragter die dood verdien nie."

79

"Maar wel tronkstraf?"

"Vanselfsprekend. Hy is skuldig aan 'n wandaad, hy moet daarvoor boet. Maar nie met sy lewe nie. Verkragting gaan nie oor seks nie, dit gaan oor beheer en dis rehabiliteerbaar."

"Glo jy dit regtig, Leon?"

"Ek erken dat nie alle gevalle suksesvol gerehabiliteer kan word nie. Daar moet in die eerste plek 'n ware behoefte by die verkragter wees om te verander. Ons kry baie gevalle waar 'n verkragter op borg uit is of sy vonnis uitgedien het en weer verkrag. Maar daar is ook gevalle waar hulle 'n positiewe by-drae tot die samelewing kan maak."

Hy sug, erken dan: "Solank hulle van kinders weggehou kan word."

"Met ander woorde, hulle is nie rehabiliteerbaar nie?"

"Is dit nie maar dieselfde situasie as dié van 'n alkoholis nie? Solank 'n gerehabiliteerde alkoholis van drank kan wegbly, is hy veilig."

"En as ek die slagoffer van 'n verkragting was?"

"Dis 'n onregverdige vraag."

"Beantwoord dit in elk geval."

Hy skud sy kop, blaai doelloos deur die dossier.

"Van al die opsies wat sy kon oorweeg, kies sy moord. Sy gaan tronkstraf kry. Dalk lewenslank. Is dit die moeite werd? Om jou lewe weg te gooi vir iets wat jare gelede met jou ge-beur het? Hoekom het sy haarself hoegenaamd gaan oorgee? Hoekom erken sy . . ." Hy vryf met sy hand oor sy gesig, sug moedeloos. "Hoekom is sy bereid om so 'n lang vonnis in die gesig te staar?"

Marie plaas haar hand op syne. "Omdat sy glo sy verdien dit?"

Dokter Du Plessis is nie vyftig nie, ook nie sestig nie. Met 'n indrukwekkende bos krulhare wat in sy jonger dae tamatie-rooi moes gewees het. Die ouderdom het dit amper blond gekleur. Ligblou oë wat deur my kyk. Kort en bonkig. Maar sy handdruk is gerusstellend en sy glimlag eg.

Hy vra nie, soos die ander, dat ek by die begin moet begin nie. Hy vra bloot hoe dit vandag met my gaan. En ek sukkel om te antwoord. Ek weet nie meer hoe dit met my gaan nie.

Ek kom hakkelend deur die uur lange sessie.

Ek maak seker dat hy die deur dig getrek het agter hom voordat ek na die ontvangsdame stap. Toe ek aanwysings vra, is sy gaaf genoeg om dit vir my te teken. Ek vat die papier, knik dankie en stap uit.

Bestudeer eers die roete voordat ek die motor aanskakel. Terug N1 toe, dan reguit aan tot verby die casino, wat aan die regterkant sal lê, daarna draai ek links. Maklik.

Ek kan die motors wat in 'n groep geparkeer is van ver af reeds sien. Ek hou 'n entjie daarvandaan stil en stap in hul rigting. Gaan hurk dan langs 'n ander graf. Sodat dit moet lyk asof ek nie daar is vir hulle begrafnis nie. Al bied die bome en struike skuiling, voel dit steeds asof almal weet ek is daar, asof alle oë op my gerig is.

Ek kyk onderlangs na die gesigte. Nie veel wat ek herken nie. Klein-Danie, en die dominee van lank gelede. Hy is nou amper heeltemal kaalkop, baie oorgewig, ouer en krommer.

En my ma. Wat met geboë skouers daar staan.

Ek wens dat ek in die kis kon sien. Sodat ek kon weet hy is daarin. Ek weet hy is dood, ek het dit tog gedóén, maar ek sou wou seker maak dat dit hy in die kis is.

Ek wag lank, totdat almal weg is. Net die hoop grond wat

agterbly. Eers toe kom ek orent. Loop daarheen, staar na die hoop grond. Sy oorblyfsels.

Eers toe ek omdraai, sien ek die graf langs syne raak. *Carli du Toit. Geliefde dogter en suster. Rus in vrede.*

My ma het hom wragtig lángs Carli . . .

"Ek is jammer dat ek jou nie kon beskerm nie, Carli. Ek wou so bitter graag."

Ek draai terug na die hoop grond. "En jy . . . ek hoop jy brand, jou bliksem."

7

Joubert staan met 'n skewe glimlag voor die deur. 'n Boks langs hom, nog een in sy hande.

"Pla ek?"

"Nee," sê ek terwyl ek die veiligheidshek vir hom oopsluit.

"Die weer begin draai en Bloemfontein is koud in die winter." Hy loop verby my, sit die boks langs die bank neer. "Ek het besef jy het nie warm goed nie, toe bring ek dié."

"Wat is dit?"

"Verwarmer, elektriese kombers, komberse."

"Dankie. Dit was nie nodig nie, maar dankie."

Toe hy die ander boks inbring, beduie ek dat hy moet sit. "Is jy so begaan oor al jou kliënte?"

"Ek het gehoop ons is meer as net prokureur en kliënt, dat ons vriende is?"

"Hoekom?"

"Want ek glo dat jy 'n vriend nodig het."

"Mag 'n prokureur met sy kliënt vriende wees?"

"Natuurlik. Daar's niks wat dit verbied nie."

Vir 'n oomblik is dit stil tussen ons, dan vra ek: "Wil jy koffie hê?" Dis immers wat vriende doen: drink saam koffie.

"Dankie, dit sal lekker wees."

Ek gooi sommer klaar sy melk en suiker in, gee die beker vir hom aan, gaan sit oorkant hom. "Oor twee weke begin die verhoor."

Hy knik. "Ek het die DNS-resultate gekry."

"Ek wil nie weet nie."

"Dit sal tog in die hof uitkom."

"Ek wil nie weet nie."

Hy trek sy skouers op. "Jou keuse."

"Wat trek ek aan na die verhoor?"

"Iets konserwatiefs. Donkerblou, swart, grys. 'n Romp en 'n baadjie."

"Ek dra nie rompe nie."

"'n Langbroek dan. Is jy nog van plan om skuldig te pleit?"

"Ja."

Hy drink sy koffie met een sluk klaar. "Ek moet ry."

"Joubert," keer ek, "is daar nie tog 'n moontlikheid dat ek huis toe kan gaan nie? My besigheid . . ."

Hy sug. "Die borgvoorwaardes is vasgestel, Anna."

"Maar kan jy nie . . ."

"Nee, Vicky was baie beslis daaroor. Jy mag nie die stadsgrense verlaat nie. En jy mag nie met die getuies kontak maak nie."

"Wat beteken dat ek nie met my bestuurder mag praat nie. Nie eens oor die besigheid nie!"

"Presies."

"Hoe is ek veronderstel . . ."

Hy val my amper bruusk in die rede. "Jy moes vooraf daaraan gedink het."

Donderdag 6 Mei. Polisiestasie toe. Psigiater toe. Winkel toe vir vars broodrolletjies en bestanddele vir sop. Om die winter mee te verwelkom. 'n Doodgewone dag.

Dit gebeur toe ek by die Spar uitstap, die doodgewone Donderdag wat op sy kop gekeer word.

'n Man kom doelgerig op my afgestap. "Kan ek jou help om die pakkies te dra?"

Hy lyk heel beskaafd, nie soos 'n kinderopfokker of 'n reeks-moordenaar nie.

"Nee, dankie," sê ek vriendelik, maar ferm.

"Kom nou, mooi ding. Ek help jou, jy gee my 'n soentjie om dankie te sê. So help ons mos mekaar."

Ek voel hoe magtelose woede van my besit neem, maar ek kry dit reg om hom te ignoreer. Haal eers weer behoorlik asem toe ek die woonstel se deur agter my sluit.

Hoe háát ek mans.

Hoe háát ek hom wat my so bang gemaak het vir mans.

Wat moet ek doen?

Pleit ek skuldig, wen hy. Pleit ek onskuldig en word skuldig bevind, wen hy ook. En al word ek onskuldig bevind, voel dit asof hy in elk geval gewen het. Want dis ek, nie hy nie, wat in die hof moet staan. Dis ek, nie hy nie, wat uiteindelik in 'n sel gaan sit. Wat die skuld moet dra vir wat hy aan my en Carli gedoen het.

My hele lewe lank is ek stom Anna. Behalwe vir die kort tydjie toe ek gepraat het en niemand wou luister nie. Nie my ma nie, nie die polisie nie. Tot ek begin glo het dat jy dit vir niemand behoort te vertel nie. Dat dit die soort ding is wat jy geheim moet hou. Van almal. Soms ook van jouself. Sit jou masker op, maak of alles reg is in jou lewe. Laat niemand in jou lewe toe nie, behalwe die drie mense wat jou uit die huis van verskrikking gered het. Wat jou geglo het.

En snags wanneer jy alleen in jou bed lê, baklei jy op jou eie manier met die demone van die verlede. Skakel jy al die ligte in die huis aan, druk jou kop onder die duvet in sodat net jy jou angskrete kan hoor.

Is dit tyd om die patetiese, stom Anna te begrawe? Het my verlede nie juis my kruk geword nie? Iets waarop ek leun wanneer dinge verkeerd loop in my lewe? Is hierdie pyn wat soos 'n kanker aan my vreet nie óók my keuse nie? Is dit tyd om te baklei? Sodat ek van hierdie kanker ontslae kan raak?

Ek skakel vir Joubert. Twintig minute later sluit ek die deur vir hom oop.

Ek maak koffie, wag dat hy gemaklik sit. "Ek wil onskuldig pleit."

As hy verbaas is, wys hy dit nie.

"Hoekom?"

Ek haal diep asem. "Vir jare al kruip ek weg agter hierdie masker van 'all is well'. Ek praat saam, lag saam, kuier saam. Ek word die nar, almal dink ek is snaaks, lag vir my sêgoed. Hulle sê dat hulle my bewonder omdat ek so blymoedig deur die lewe gaan, omdat ek 'n optimis is. Hulle besef nie dat dit 'n masker is nie. En ek kan hulle nie blameer nie, want my woede en hartseer steek ek diep agter die masker weg, soms ook vir myself. Ek praat nie oor wat met my gebeur het nie, want wat sal die mense sê? Ek vermoed dat as hulle die waarheid moet weet, sal hulle anders na my begin kyk. Dalk is ek verkeerd, dalk nie. Maar nou besef ek dat alles tog op die lappe gaan kom. Dat jy my hele sordid lewe vir almal gaan vertel sodat ek die ligste moontlike straf kan kry. Wel, Joubert, all is nie well nie. Hoekom moet ek boet vir dit wat hy aan my en Carli gedoen het? Ek weier om langer stil te bly. Ek het hom geskiet vir myself. Vir Carli. Vir al die ander stom vroue. Sodat hy dit nooit weer aan iemand kan doen nie."

By die deur draai hy om. "Ek is bly, Anna."

Ek kry dit reg om vir hom te glimlag. Stom Anna het haar stem teruggekry.

Sondag. 'n Week vandat ek besluit het om onskuldig te pleit. Ek voel tog beter, meer optimisties. Môre begin die verhoor.

Ek maak 'n bottel wyn oop, sit Vanessa Mae se *Storm* in die CD-speler en draai die klank hard. Toe ek die tweede glas skink, is daar 'n klop aan die deur. Joubert, sy gesig verwring deur die loergaatjie, maar onmiskenbaar hy.

Ek sluit oop. "Hoe kom jy deur die hek?" val dit my die eerste keer by.

Hy kyk na die glas in my hand, dan na my, hou 'n afstand-beheer in die lug.

"My spaarafstandbeheer? Dink jy nie ek moet dit hê nie?"

Hy antwoord nie, druk dit net terug in sy sak.

"Kom in, ek het wyn en pizza, ek sal met jou deel," nooi ek.

Terwyl ek vir hom 'n glas wyn skink, sê hy: "Ek wou net kom sê hoe bly ek is dat jy onskuldig gaan pleit."

"Al dink jy dat ek skuldig is?"

Hy kyk onbegrypend na my.

"'Jy moes daaraan gedink het voor jy iemand doodgeskiet het' – lui dit dalk 'n klokkie? Nie besef dat jy een van daardie mense is wat net die wit en swart in die lewe sien nie."

"'n Saak het net twee kante, Anna." Hy lig sy regterhand op, palm na bo. "Reg," die linkerhand volg, "of verkeerd."

"Vir 'n prokureur maak jy 'n baie naïewe stelling. Wat van die groot grys gebied tussenin? Wat van selfverdediging? Is dit nie moreel aanvaarbaar nie?"

"As jou lewe in gevaar is en jy neem sy lewe, is dit dalk eties reg, maar dit bly moord, dus is dit moreel verkeerd. Moreel en eties is verwante begrippe, maar hulle beteken nie dieselfde nie. En jy was in geen onmiddellike gevaar nie, dus geld jou selfverdedigingsteorie nie."

"En versagtende omstandighede? Dat ek hom vermoor het

voordat hy dit aan iemand anders kon doen? Want sy tipe kan nie genees word nie. Hy sóú dit weer doen, dit was net 'n kwessie van tyd. Dalk met die bure se dogter. Dalk sou hy een van daardie mans word wat by skole rondhang."

"Dit kan jy nie sê nie."

"Dis wáár."

"Dit gee jou nie die reg om 'n lewe te neem nie. Want waar trek jy die streep? Skiet jy almal wat jou te na gekom het? Die ou wat jou parkeerplek steel? Die bliksem wat jou vrou of meisie van jou steel? Wáár trek jy die streep? Nee, Anna." Hy skud sy kop. "Wanneer ons sou toelaat dat elkeen sy pond vleis eis, verval ons samelewing in chaos."

"Met ander woorde, ek het 'n prokureur wat glo dat ek skuldig is."

"Jy ís skuldig."

"Dit, Joubert van Heerden, is moreel en eties debatteerbaar. Ek het 'n man doodgeskiet, maar hy het dit wragtigwaar verdien. Ek is nie spyt daaroor nie. En ek sal nooit daarvoor om verskoning vra nie."

Hy glimlag. "Skuldig met versagtende omstandighede dan."

"As jy nie kans sien om my te verteenwoordig nie, sal ek verstaan. Oom Retief sal ook verstaan – as dit is wat jou bekommer."

"Ek het nog nooit weggeskram van 'n saak nie."

"Al glo jy jou kliënt is skuldig?"

"Al weet ek dit."

"Is my hofsaak vir jou 'n uitdaging?"

"Dit is, maar ek verseker jou ek sal jou saak na die beste van my vermoë verdedig. Ek is 'n prokureur, dis wat ek doen."

"Die hofsaak gaan duur wees, kan jy vir my sê hoeveel ek moet begroot?" verander ek die onderwerp. Dis nie lekker om te hoor dat selfs jou prokureur nie simpatie met jou het nie.

"Jy hoef nie oor my rekening bekommerd te wees nie."

"Gaan jy my verniet verteenwoordig? Dis nie nodig nie, ek het genoeg geld gespaar om jou te kan bekostig."

Hy skud sy kop. "Sê asseblief vir my dat ek jou verkeerd verstaan het: jy het nie jare lank gespaar vir 'n hofsaak nie?"

"Moenie simpel wees nie. Ek het gespaar omdat dit is wat 'n verantwoordelike mens doen."

"Dis 'n verligting. En nee, ek doen dit nie verniet nie. Ek is nie in die liefdadigheidsbesigheid nie. Die rekening is reeds vereffen."

"Oom Retief," sug ek.

Hy antwoord nie daarop nie. Sluk net sy glas leeg en staan op.

"Ek is bly dat jy besluit het om te veg, Anna, want al het jy die sneller getrek en 'n lewe beëindig, kan ek nie help om te dink dat hy dit verdien het nie. Sien jou môre in die hof."

Ek staan lank nadat sy motor deur die hek gery het nog in die deur, die leë glas in my hand.

8

Dis die eerste dag van my verhoor, is my eerste gedagte toe ek my oë oopmaak. Die eerste dag van die res van my lewe, hoe geyk dit ook al mag klink. Drie maande later word ek uiteindelik tot verantwoording geroep.

Ek tel my selfoon op. Vyfuur. Hopeloos te vroeg, maar ek is wakker. Koffie, dis net die ding, besluit ek en staan op.

Met die beker koffie in my hand kruip ek weer onder die duvet in. Dis koud, en ek is dankbaar vir Joubert se elektriese kombers wat ek kan aanskakel.

Ek moes ingesluimer het, want toe ek na die koffie op die bedtafeltjie reik, is dit louwarm. Ek drink die beker nietemin met 'n paar slukke leeg. Daarna spandeer ek 'n goeie halfuur op my selfoon. Een na die ander bel hulle: oom Retief en tannie Miriam, Marnus en Christelle. Om my kalmte toe te wens. Nie sterkte nie, nie voorspoed nie. Nes ek weet hulle dis lankal te laat daarvoor.

Ek maak ontbyt, maar kan dit nie eet nie. En ek het moeite gedoen, spek en eiers en roosterbrood. Omdat dit 'n besige dag gaan wees, omdat ek krag gaan nodig hê. Maar al waarvoor ek kans sien, is die roosterbrood. Droog, geen smeer nie, presies soos ek daarvan hou.

Terwyl ek afgetrokke daaraan kou, blaai ek deur die koerant. Op bladsy 9 sien ek die beriggie raak. Lees die opskrif vinnig, voor ek verstar en daarna terugkeer.

Moordverdagte vandag in hof

Die saak waarin mej. Anna Bruwer (30) daarvan
beskuldig word dat sy haar stiefpa vermoor het,
begin vandag in die streekhof . . .

Ek lees dit deur. Maak die koerant toe en sit dit agter my op die
kombuiskas neer. Ek was bang hiervoor, die sensasie rondom
die saak. Ek kan al die opskrif sien wat gaan volg: *Vrou beskul-
dig stiefpa van molestering en verkragting.*

Ek volg Joubert se aanwysings na die hofgebou. Vermy alle
oë terwyl ek na die aangewese hofsaal soek. Sug verlig toe ek
voor die saal op 'n bankie kan gaan sit, al is die vuis terug in
my maag, die droogheid weer in my mond.

Die gedreun van 'n groot voertuig laat my opkyk. Dis die
vangwa waarin ek ook vervoer is, nie so lank terug nie. Ek voel
hoe my maag saamtrek. Jare gelede het dieselfde gebeur. Vol-
gens die dokter het spanning veroorsaak dat my buik swel.
Asof ek 'n ballon ingesluk het en dit stadig opgeblaas word.
Groter en groter. Nou voel ek dit weer, hierdie pyn wat 'n ge-
swolle buik aankondig.

Ek wil nie teruggaan selle toe nie. Nog minder tronk toe. Hoe
lank is lewenslank?

Toe die hofordonnans my naam roep, sit ek stokstil, onwillig
om my kop te lig, onwillig om op te staan. Eers toe die tweede
"Anna Bruwer!" bulderend uitgeroep word, staan ek op.

Die hofordonnans lei my die saal binne. Maak die hout-
hokkie se deur agter my toe. Ek voel hoe die ystervuis in my
maag eindelik skiet gee.

Let the games begin.

Ek tel my kop op, maak my oë en ore oop. Daar is meer
mense as laas keer in die hof, maar hulle sit yl versprei. Asof

hulle bang is dat die persoon langsaan aan 'n ongeneeslike, aansteeklike siekte mag ly.

Die staatsaanklaer se kop is laag gebuig oor haar notas, Joubert se rug regop. Ek bly staan in die hokkie omdat ek nie weet wanneer ek mag sit nie.

"Staan in die hof!" bulder 'n stem iewers voor my.

Ek hoor die sagte geruis van materiaal soos almal regop kom. Die landdros is 'n groot man, met 'n ronde, ernstige gesig. Hy kyk nie rond nie, neem net sy plek in en laat sy kop byna onmiddellik sak. Agter my hoor ek hoe die mense weer hulle sitplekke inneem.

Ek sug innerlik. Kon die landdros nie maar 'n vrou gewees het nie? My toekoms hang deesdae van mans af. Prokureur, psigiater, landdros. Dokter Coetser tel nie, want sy speel vir die ander span. En ironies genoeg is die persoon wat my so lank as moontlik agter tralies wil sien sit ook 'n vrou. Ek kyk onderlangs na die staatsaanklaer, hierdie mooi, netjiese vrou met haar donker hare in 'n bolla saamgevat.

Sy staan op. "Die staat teen Anna Bruwer, wat daarvan aangekla word dat sy op die negende Februarie 2004 wederregtelik en opsetlik die dood van Daniël Jakobus du Toit veroorsaak het."

Die landdros knik.

Almal gaan sit, en ek neem aan dat ek ook mag. Daar is 'n kort stilte waarin gekug en rondgeskuif word. Dit herinner my aan kerktyd in my kinderdae. Kort voor kollekte was daar ook so 'n geskuifel wat amper onstigtelik in die kerk gevoel het.

Die staatsaanklaer gaan nie voor die landdros staan nie. Sy draai haar ook nie na die aanwesiges nie. Dis baie anders as in die films, dink ek. Daaraan is ek gewoond; Amerikaanse films laat 'n hof amper toeganklik lyk.

Die gebrek aan 'n jurie pla my ook. Om te dink dat my toekoms, my hele lewe afhang van een man se besluit. Sou dit nie regverdiger gewees het as gewone mense met alledaagse beroepe oor my toekoms moes besin nie? Is my wêreld en die wêreld van hierdie geleerde man nie . . . wel, wêrelde van mekaar verwyder nie?

Die staatsaanklaer draai na die landdros. "Edelagbare, dit is gemene saak dat juffrou Bruwer meneer Du Toit op die negende Februarie 2004 by sy huis te Kloofstraat 33, Heuwelsig in Bloemfontein vermoor het. Juffrou Bruwer se verklaring lui dat sy hom in die vroeë oggendure van daardie dag met 'n 9 mm-pistool geskiet het. 'n Deskundige sal namens die staat bevestig dat juffrou Bruwer nie minder nie as agt skote op meneer Du Toit gevuur het. Die beskuldigde het verklaar dat dit sy self was wat die agt skote op hom gevuur het, waarvan twee hom getref het en een noodlottig was."

Sy draai na Joubert. "Die verdediging gaan aan hierdie hof probeer bewys dat die beskuldigde oor jare seksueel deur die oorledene gemolesteer is, en dat dit aanleiding gegee het tot die moord."

Terug na die landdros. "Die staat vra egter: Is 'n persoon, énige persoon, geregtig daarop om die reg in eie hande te neem? Het sy die reg om regter oor iemand te speel? En hoekom, Edelagbare, het dit haar bykans veertien jaar geneem om hierdie reg in eie hande te neem?"

Sy gaan sit, haar houding selfvoldaan.

Joubert staan op, maak keel skoon, begin met 'n harde stem.

"Edelagbare, die verdediging betwis nie die feit dat juffrou Bruwer verantwoordelik was vir die dood van meneer Du Toit nie. Die verdediging sal egter aan die hof bewys dat die daad nie uit wraak of moordlus gepleeg is nie. Deur middel van getuies sal die hof hoor dat juffrou Bruwer as minderjarige oor etlike jare heen seksueel gemolesteer is deur meneer Du Toit. En dat die molestering van so 'n ernstige aard was dat sy die empatie van die gemeenskap en van hierdie hof verdien. Ons sal ook aan die hof bewys dat juffrou Bruwer alles in haar vermoë gedoen het om die molesteerder te vermy, van hom te ontsnap en geen kontak hoegenaamd met hom te hê nie. Die beskuldigde het uit noodweer teen 'n onbekende derde persoon opgetree, en voorts plaas die verdediging ook toe-rekeningsvatbaarheid in die geskil."

Ek kom nou eers agter dat ek nog heeltyd my asem ingehou het en blaas dit stadig uit.

"Roep u getuies," sê die landdros en buk weer oor sy notas.

Ek maak my oë toe, prewel saggies: "Mag die God wat my as kind verlaat het Hom nou oor my ontferm."

Toe ek my oë oopmaak, is die staatsaanklaer weer op haar voete. Vicky Gouws, onthou ek skielik haar naam.

"Die staat roep dokter Cronjé."

'n Ouerige man stap selfversekerd nader. Hy neem sy plek in die getuiehokkie in en sweer, "so help my God", om die waarheid en niks minder as die waarheid te praat nie.

"Wat is u professie?" vra die staatsaanklaer.

"Ek is 'n praktiserende patoloog."

"Hoe lank is u al 'n praktiserende patoloog?"

"Vyf-en-twintig jaar."

"Waar beoefen u u beroep?"

"Ek is hoof van die departement patologie aan die Universi-teit van die Vrystaat, asook hoof van die Vrystaatse departement van gesondheid."

"Gee asseblief u kwalifikasies."

Hy noem dit.

"Verduidelik aan die hof wat die werk van 'n patoloog is, dokter Cronjé."

"Ek ondersoek die liggame van persone wat as gevolg van trauma dood is, om die oorsaak van die dood vas te stel."

"Was u al voorheen 'n getuie in 'n hofsaak?"

"Ja, baie."

"Dokter Cronjé, u is die patoloog wat die liggaam van meneer Du Toit ondersoek het?"

"Ek is."

"Kan u aan die hof u bevinding gee van wat die oorsaak van meneer Du Toit se dood was?"

"Soos dit in die nadoodse verslag vervat word, stem meneer Du Toit se dood ooreen met 'n koeëlwond."

"Kan u meer spesifiek wees, dokter?"

"Meneer Du Toit se dood is veroorsaak deur 'n skoot uit 'n 9 mm-pistool wat van agter deur sy kop geskiet is en die brein binnegedring het."

"Bewysstuk A," sy reik na die pistool wat in 'n sakkie verpak is, "en Bewysstuk B1 tot B25, Edelagbare," en sy sit 'n pak foto's voor die landdros neer. "Dokter Cronjé, hoeveel wonde het die oorledene opgedoen?"

"Twee. Die eerste skoot was die oorsaak van die dood van meneer Du Toit. Die tweede skoot is afgevuur nadat hy reeds dood was."

"Nadat hy reeds dood was . . ." herhaal sy en kyk peinsend na die dokter en toe na die landdros. "En albei skote is van agter gevuur, soos in 'n teregstelling?"

"Ek maak beswaar, Edelagbare!" Joubert is op sy voete. "Die getuie kan nie oor die motief getuig nie."

"Beswaar gehandhaaf. Die getuie het reeds genoem dat die skote van agter gevuur is," sê die landdros sonder om op te kyk.

"Dokter, ná die eerste skoot gevuur is, sou die beskuldigde geweet het dat hy reeds dood was voor sy die tweede skoot afgevuur het?" vervolg die staatsaanklaer.

Joubert kom weer regop. "Beswaar! Die beskuldigde is nie 'n mediese deskundige nie."

Dié keer loer die landdros oor sy bril. "Ek sal die vraag toelaat."

"Beslis. Die eerste skoot moes meneer Du Toit op die vloer laat val het. Die ingangshoek van die tweede skoot dui daarop dat dit gevuur is nadat meneer Du Toit reeds op die vloer gelê het."

"En reeds dood was."

"En reeds dood was," bevestig hy.

"Die tweede skoot was dus nie bedoel om hom verdere leed aan te doen nie?"

"Nee."

"Dit wil dus voorkom asof die tweede skoot afgevuur is uit woede?"

Joubert kom vinnig op sy voete. "Edelagbare, ek moet respekvol beswaar aanteken teen die vraag. Die staatsaanklaer poog duidelik om getuienis daar te stel wat verband hou met die emosie waarmee die daad gepleeg is."

"Gehandhaaf."

"Geen verdere vrae nie, Edelagbare." Vicky Gouws glimlag in Joubert se rigting en gaan sit.

Joubert staan op. "Dokter Cronjé, is al die skote in die magasyn van die 9 mm-pistool afgevuur?"

"Nee, daar het een koeël in die magasyn oorgebly."

"Het u al gevalle teëgekom waar 'n magasyn wel leeggeskiet is op 'n persoon?"

"Ja."

"Soos wanneer iemand uit woede moor, nie waar nie?"

"Ek maak beswaar, Edelagbare!" sê Vicky Gouws.

Joubert draai na die landdros. "Edelagbare, ek wil bloot vasstel of die dokter kennis dra van soortgelyke sake waar meer as een skoot gebruik is om iemand dood te skiet."

Die landdros knik. "Ek sal die vraag toelaat. Dokter Cronjé, beantwoord asseblief die vraag."

"Ja, dis nie onwaarskynlik dat waar daar woede betrokke is, die skieter nie sal stop tot die magasyn leeg is nie."

"Tog, as woede die motivering was – soos wat my geleerde kollega beweer – hoekom is daar nie ook 'n derde skoot gevuur nie, tot die magasyn leeg was?"

"Beswaar, Edelagbare!" roep Vicky uit.

Die landdros loer waarskuwend oor sy bril na Joubert.

"Ek het geen verdere vrae nie," knik hy.

Daar is 'n geskuifel toe die getuie verdaag word.

Toe ek Donderdagmiddag by dokter Du Plessis se spreekkamer wegry, besluit ek op die ingewing van die oomblik om links te draai, in plaas van regs bo-oor die N1.

Voor die huise regtig min raak, draai ek regs, op 'n grondpad. Verby kleinhoewes, neem ek aan. Ek verkyk my aan die groot huise wat ver uitmekaar in die yl son staan. In die somer moet dit bloedig warm wees hier; die bome is nog te klein om skadu te maak.

Ek draai weer regs, ry doelloos rond, tot 'n hek voor my opdoem. 'n Reservaat. Met bokkies en 'n restaurant.

Ek parkeer en klim uit. Stap rond. Na die boma met sy uitsig oor 'n dammetjie. Kyk na die bokkies wat in die oopte lê, soekend na 'n bietjie hitte van die winterson. Haal my selfoon uit, skakel vir Magda, al mag ek nie. Ek verlang na die winkel.

Ek verlang na my werk. Luister jaloers na haar vertellings. Maak 'n paar voorstelle oor die bestellings wat sy noem, nie omdat ek moet nie, omdat ek wil.

Later stap ek na die restaurant. Ek bestel 'n broodjie en koeldrank, luister na die gedempte stemme van die ander gaste.

En vir die eerste keer in my lewe voel ek werklik alleen. Wil ek ook iemand hê saam met wie ek middagete kan eet. Met wie ek kan gesels.

9

"Die staat roep konstabel Mbane."

Die man met die sagte, vriendelike oë kom in – die een wat in die moeilikheid was omdat ek daardie nag my hande gewas het. Hy kyk vlugtig na my voor hy sy plek inneem en ek gee 'n glimlaggie in sy rigting. Ek is jammer dat jy in die moeilikheid was oor my, wil ek vir hom sê.

Vicky Gouws begin haar ondervraging.

"Konstabel, hoe lank is u al 'n lid van die Suid-Afrikaanse Polisiediens?"

"Twee jaar."

"Kan u vir die hof vertel wat in die vroeë oggendure van die negende Februarie 2004 gebeur het?"

"'n Vrou het by die aanklagkantoor ingekom en gesê dat sy iemand doodgeskiet het."

"Is die vrou vandag in die hof?"

"Ja, daar is sy."

Sy vinger wys reguit na my. In sy oë lees ek iets soos simpatie. Hy lyk soos die tipe mens, die tipe mán wat sal verstaan hoekom ek dit gedoen het.

Of is dit bloot wat ek wíl sien? Omdat dit vir my voel dat almal my veroordeel behalwe die drie mense naaste aan my? Joubert is aan my kant omdat hy betaal word om dit te doen, nie omdat hy my glo nie.

"Vertel asseblief aan die hof wat haar toestand was."

"Sy was vol bloed, en sy was bang."

"Bang?"

"Ja, sy was baie bang, 'n mens kon dit sien aan hoe sy bewe."

"Het sy gehuil?"

"Nee."

"Het sy gesê dat sy jammer is?"

"Nee."

"So, sy was nie jammer nie, sy het nie gehuil nie, sy het geen vorm van berou getoon nie?"

Hy haal sy skouers op. "Sy was net bang."

"Geen verdere vrae nie."

Dokter Du Plessis se glimlag is gerusstellend, bekend.

"Hoe gaan dit met die nagmerries?"

Ek kyk lank na hom voor ek erken: "Ek droom van hom, amper elke aand. Hoe hy in my kamer sluip, sy hand wat my mond toedruk, sy ereksie wat teen my stamp. Dan is dit soos 'n damwal wat breek, bloed wat oral uit hom loop tot dit poele om sy voete maak, bloed wat op my bed drup, en ek skreeu en skreeu terwyl alles om my rooi word. Ek droom van bloed en bloedskande. Dis 'n nimmereindigende nagmerrie."

Hy reik na sy voorskrifblok. "Ek gaan vir jou 'n ligte –"

"Ek wil nie medikasie hê nie," val ek hom in die rede.

"Die staat roep inspekteur Jantjies."

Ek ken nie die polisieman wat binnekom nie. Vicky Gouws stel die basiese vrae – naam, rang, dienstydperk – en begin dan die ondervraging.

"Inspekteur, u is die eerste persoon wat op die moordtoneel was, korrek?"

O, dís dan hoekom ek hom nie kan onthou van daardie oggend nie. Hy is die arme siel wat die saak saam met superintendent Webber ondersoek.

Die inspekteur knik. "Dis reg, ja."

"Kan u aan ons vertel wat aanleiding gegee het daartoe dat u na die toneel is?"

"Ek was in die aanklagkantoor omstreeks vyfuur die oggend van die negende Februarie, toe daar 'n oproep van 'n mevrou Du Toit deurkom. Sy het gesê dat haar man deur haar dogter geskiet is."

"En u is reguit daarheen?"

"Ja."

"Wat het u op die toneel gevind?"

"Ek kon die liggaam al sien toe ek die trappies na die voordeur opklim. Die deur het oopgestaan, die oorledene het op sy maag in die ingangsportaal gelê."

"En mevrou Du Toit?"

"Sy het buite die deur vir my gestaan en wag."

"Wat het sy vir u gesê?"

"Sy het gesê dat haar dogter, Anna, hom vermoor het."

"Het sy vir u gesê waar haar dogter is?"

"Ek het haar gevra, maar sy het nie geweet nie."

"Met ander woorde, sy was nie bewus daarvan dat haar dogter haarself gaan oorgee het nie?"

"Dit het nie so voorgekom nie, nee."

Toe Windhond uit sy motor klim, gaan staan hy eers vir sy voorbereidingsritueel, soos sy gewoonte is.

Daar gaan bloed wees, sê hy vir homself terwyl hy na die huisie kyk. Daar gaan bloed wees, terwyl hy merk hoe netjies die plek lyk. Nie so agtermekaar soos die buurman s'n nie, maar netjies. Dis een van daardie regeringshuisies wat identies lyk soos dié aan weerskante en voor en agter. Piepklein tuintjie aan die voorkant.

En dis hier, in die tuintjie, dat hy inspekteur Jantjies op sy knieë aantref, brakend. Toe Windhond 'n hand na hom uitsteek, wuif Jantjies hom geïrriteerd weg.

Windhond draai om, net betyds om die vrou van forensies uit die huis te sien kom. Sy loop nie, sy strompel, asof haar liggaam vergeet het hoe om te loop, asof sy haar linkerbeen moet dwing om die regterbeen te volg.

Windhond haal diep asem. Daar gaan bloed wees, daar gaan bloed wees. Hy het geen idee wat op hom wag nie; Jantjies se oproep was te onsamehangend. Al wat Windhond vir 'n feit weet, is dat iemand dood is.

Hy stap die huis binne en steek dadelik vas.

Vir die eerste keer in sy loopbaan ruik hy nie die bloed nie. Hy sien dit nie eens raak nie. Al wat hy sien, is die klein vuisies, gebal. Die ogies oop, glasig, starend. Droë traanstrepe duidelik op die ronde wangetjies. Die mukus om die neusie nog nie heeltemal droog nie. Die mondjie half oop.

'n Baba.

Hy proe die gal wat in sy keel opstoot. Sluk hard daarteen en dwing homself om verder te kyk. Omdat dit sy werk is, al haat hy dit op hierdie oomblik.

Sy het 'n pienk babapakkie aan, dit gaap oop tot by haar naeltjie. Haar onderlyf is kaal en vol bloed. Die plomp beentjies met die kuiltjies wat ure tevore nog kon skop, lê stil. Die voetjies in sokkies. 'n Vuil doek lê eenkant op die vloer, dít kan hy ruik.

Dis die pienk pakkie wat hom die meeste ontroer. Hy onthou hoe sy seuns in hul blou pakkies gelyk het. Die gedagte dat iemand hierdie mensie met soveel sorg geklee het en dat iemand anders haar so wreed van haar lewe ontneem het, maak hom naar. Hy wil sy hand na haar uitsteek, haar skaamte bedek.

Hy veg teen die trane wat dreig om te kom. Dit sal nie deug as

die ondersoekbeampte kotsend en huilend op die vloer neer-
val nie.

Jantjies kom in, kom langs hom staan. Hy hoor hoe die jon-
ger man sidderend asemhaal, raak vlugtig aan sy arm.

"Wat de fok, Sup?"

In daardie sin hoor Windhond dieselfde desperaatheid wat
dreig om hom te oorweldig.

"Laat ons begin."

Dit neem hom en sy ondersoekspan 'n paar uur om die ge-
beure te rekonstrueer. Nie omdat dit so danig ingewikkeld is
nie, maar omdat daar soveel onderbrekings is. Die vrou wie se
huis dit is, weier om binne met hulle te praat. Uit, tuin toe,
beduie sy.

Toe Windhond en Jantjies uitstap, staan daar al 'n paar mense
voor in die straat.

"Is dit jou kind?" vra Windhond.

Die vrou skud haar kop.

"Wie se kind is dit?"

Sy beduie na die netjiese huisie langsaan.

"Hoekom is die kind dan in jou huis?"

"Ek pas haar op as hulle in die werk staan."

"Waar was jy toe . . . toe dit gebeur het?"

"Ek was winkel toe. Ek't my cousin gevra om 'n oog oor haar
te hou. Sy't geslaap, hoe moes ek weet dat hy . . ." Haar stem
raak weg. "Ek kon mos nie geweet het nie."

"Jy lieg, Katie, jy ken jou se neef!" gil 'n vrou by die hek.

Windhond draai na haar.

"Sy ken hom!" gil die jong vrou weer. "Hy's 'n skollie, kom
net gister uit die tronk, en sy los hom by die baby!"

Die skare groei vinnig aan. Almal skree en beduie deur-
mekaar.

"Wie's jou neef wat hulle van praat?" vra Jantjies vir die huiseienaar.

"Quentin Daniels, meneer."

'n Tandelose vrou dwing haar pad deur die mense oop tot voor. "As julle poelieste nie hierie man vang nie, gan ons dit doen! En dit sallie vir tronk wees nie!"

Die res beaam dit luidkeels.

Die volgende onderbreking is toe die liggaampie uit die huis gedra word. Daar daal 'n eerbiedige stilte neer. Selfs die polisielede staak dit waarmee hulle besig is.

Toe bars die geraas en geskree opnuut los. Die skare soek bloed.

Terwyl Windhond opdrag gee dat sy span die oproeriges in toom moet hou en waarsku dat hulle nie geregtigheid in eie hande mag neem nie, voel hy soos 'n bedrieër. Want op hierdie oomblik is daar niks wat hy meer wil hê as om die moordenaar, die verkragter aan die massa uit te lewer nie. Hy lees dieselfde gedagte op die gesigte van sy span.

"Ek wil met die ouers praat," sê hy aan Jantjies.

"Meneer en mevrou Draghoender," beduie Jantjies na die huis langsaan. Die een met die goedversorgde, kleurvolle tuintjie. Die skare volg hulle stampend en stotend tot voor die huis.

Toe Windhond en Jantjies binnestap, word hulle begroet deur nog 'n skare. Dit neem 'n rukkie om al die omstanders, familielede en vriende uit die huis te kry, tot net die ouers agterbly. Windhond probeer die prentjie van die bebloede baba in die pienk pakkie uit sy gedagtes dwing toe hy oorkant hulle gaan sit.

Die pa se oë is rooi, hy dra 'n verslete oorpak, sy hande skurf gewerk. Die ma, in die soort geblomde oorjas kenmerkend van 'n huishulp, sit droog-oog en toekyk.

Eenderse, verwese gesigte.

Toe Windhond klaar sy vrae gevra het, gee hy sy gebruiklike simpatie-toesprakie, maar hierdie keer bedoel hy elke woord. Eers toe knak die ma vooroor en kom die trane saam met wurggeluide uit. Windhond voel hoe die emosie in hom begin opdam en staan vinnig op.

Jantjies se oë is nat toe hulle buite kom. "Sy was maar ses maande, Sup. Watter man kan dit aan 'n baba doen? Hoe is dit moontlik vir 'n man om 'n boner te kry as jy na 'n bába kyk?"

Windhond weet dat Jantjies nie 'n antwoord op sy vrae verwag nie, daarom klop hy hom net liggies op die skouer. Hy baan sy pad tussen die menigte oop na sy motor toe. Sotho, Afrikaans en Engels agtervolg hom in 'n kakofonie van klank. En almal eis dieselfde: wraak.

Toe hy wegtrek, bly net een naam in sy kop agter: Anna Bruwer.

Dis nie dieselfde nie, bly hy vir homself sê. Anna se geval is dié van 'n pedofiel. Hierdie is nie. Hierdie is 'n nuwe boosheid: die geloof dat vigs genees kan word deur met 'n maagd seks te hê. En waar is daar 'n sekerder maagd as 'n baba? Dis nie dieselfde nie.

En tog . . .

"Hoekom dra jy jou hare so kort?"

Ek vryf selfbewus oor my stoppels, verbaas oor sy vraag. "Omdat dit gemaklik is." Hy wag in stilte.

Ek sug. "Sodat mans my nie aantreklik moet vind nie."

"Jou klere is vir daardie doel uitgesoek. Maar jou hare . . . hoekom?"

Wel, dit kan ek van dokter Du Plessis sê: as hy 'n antwoord op 'n vraag wil hê, wil hy dit hê.

"Ek het gehoop om my skuld saam met die hare af te skeer."

"Waaraan is jy skuldig?"

"Want . . . ek moes die eerste keer toe dit gebeur het al gepraat het, daardie dag toe ek agt was. My ma was aan die ander kant van die bed en Klein-Danie voor op die mat, tóé al moes ek gepraat het, maar ek het stilgebly. Daaroor voel ek skuldig."

"Hoekom het jy nie gepraat nie?"

Ek haal my skouers op, wil eers stilbly. Sommige antwoorde blý moeilik.

"Ek weet nie, dokter. Omdat ek te jonk was? Te bang? Te dom? Later, wanneer jy dit wat hy aan jou doen 'n naam kan gee, is jy te skaam. Vir jou liggaam wat reageer. Nog later besef jy dat jy niks daaraan kan doen nie. Net so min as wat jy beheer daaroor het dat jy sweet wanneer jy oefen, net so min beheer het jy oor hoe jou liggaam reageer. En jy haat dit. Jy is skaam daaroor. Jy voel skuldig daaroor dat jou liggaam reageer op dit wat jy die meeste haat. En dan bly jy stil, want dis die maklikste uitweg."

Vicky Gouws gee haar gebruiklike kuggie voor sy begin praat.

"Die staat roep superintendent Webber."

Ek kyk verbaas na die netjiese man wat heeltemal anders lyk as die amper verkreukelde een wat ek onthou. Hy dra 'n swart pak met 'n skelpienk das.

"Superintendent, kan u aan die hof verduidelik wat u op die moordtoneel gevind het?"

"Die oorledene het in die ingangsportaal gelê."

"En mevrou Du Toit? Waar was sy?"

"Sy was in die sitkamer."

"U het met haar gaan praat?"

"Ek het."

"Wat het sy vir u gesê?"

"Sy het gesê dat haar dogter meneer Du Toit geskiet het."

"Het sy gesê hoekom?"

"Sy het gesê dat sy nie weet nie."

"Sy weet nie hoekom haar dogter haar man vermoor het nie?"

"Dis wat sy gesê het."

Webber kyk van die staatsaanklaer na die landdros, maar kort-kort vang sy blik myne, sodat ek ongemaklik begin voel en my oë neerslaan.

"U het ook later met die beskuldigde gepraat?"

"Ek het haar waarskuwingsverklaring afgeneem."

"Wat het sy in haar verklaring gesê?"

"Sy het erken dat sy die oorledene doodgeskiet het."

"Het sy gesê hoekom?"

"Sy het gesê dat sy moes, dat sy nie 'n ander keuse gehad het nie."

"Superintendent, het sy enigsins berou getoon oor haar daad?"

Hy bly so lank stil dat Vicky Gouws die vraag moet herhaal.

"Nee," antwoord hy en sug. "Nee, sy het geen berou getoon nie."

"Geen verdere vrae nie."

Joubert blaai eers tydsaam deur sy notas, maak hier en daar 'n aantekening voordat hy opstaan.

"Superintendent Webber, u sê dat die beskuldigde verklaar het dat sy nie 'n ander keuse gehad het as om Danie du Toit te skiet nie."

"Korrek."

"Het sy 'n rede gegee?"

"Sy het gesê dat sy dit vir haarself en vir Carli gedoen het."

107

"Carli?"

"Haar jonger suster."

"En sy het niks anders gesê nie?"

"Nee, net dat sy nie 'n keuse gehad het nie."

"Superintendent, hoe lank is u al 'n lid van die polisie?"

"Meer as dertig jaar."

"Is dit dus geregverdig om te sê dat u al 'n menigte moordsake ondersoek het?"

"En opgelos het," knik Webber.

"Is ek reg as ek aanneem dat 'n ondersoekbeampte 'n sekere soort instink moet hê?"

"Absoluut. Instink is baie keer die eerste gewaarwording in 'n saak, soms selfs nog voor ons bewyse het."

"En wat sê u instink omtrent die moord op meneer Du Toit?"

"Beswaar, Edelagbare!" sê Vicky Gouws. "Hierdie is 'n hofsaak, ons werk met feite en bewyse, nie instink nie!"

Landdros Motsepe oorweeg 'n oomblik. "Soos die superintendent pas verklaar het, speel instink tog 'n belangrike rol in 'n ondersoek, daarom sal ek die vraag toelaat. U kan voortgaan, meneer Van Heerden."

"Superintendent, moet ek die vraag herhaal?"

"Dis nie nodig nie. Van die oomblik dat ek by daardie huis ingestap het, het iets vir my nie reg gevoel nie. Die hele toneel was net te . . . morsig."

"Is 'n moordtoneel nie maar gewoonlik morsig nie?"

"Ek praat van die stukkende blompotte wat agter die liggaam en onder hom gelê het. Dit beteken dat die blompotte eerste geskiet is, daarna meneer Du Toit."

"Wat is so eienaardig daaraan?"

"Meer as dertig jaar se ondervinding sê vir my dat as jy agt ure lank ry om iemand te kom vermoor, is dit presies wat jy doen. Maar juffrou Bruwer skiet eers die blompotte stukkend. Dit maak nie sin nie."

"Hoekom dink u het die beskuldigde eerstens die blompotte geskiet?"

"My instink," Webber kyk vinnig na Vicky, "sê vir my dat sy hom nie regtig wou vermoor nie."

"Hoekom het sy dan?"

"Ek weet nie, maar hy moes iets verskrikliks aan haar gedoen het. Die woede wat ek by daardie moordtoneel aangetref het, was net te veel."

"Ek het geen verdere vrae nie, dankie."

Windhond bly staan 'n oomblik langs sy motor, sy hande in sy sakke gedruk teen die ysige Juliewindjie. Hy asem die koue lug diep in.

Was hy al die jare tog verkeerd? Is daar tussen reg en verkeerd 'n gebied waarvoor hy tot nou toe blind was? Is daar sommige mense, mense soos Danie du Toit, mense soos Quentin Daniels, wat die dood verdien vir hul dade?

10

"Die staat roep konstabel Naudé."

Ek kyk op toe sy inkom. Die rooikopvrou. Die een met die panty.

"Konstabel Naudé, u was aan diens in die vroeë oggendure van die negende Februarie?"

"Ek was."

"U was daar toe juffrou Bruwer haarself kom oorgee het?"

"Ek was. Ek het haar regte vir haar voorgelees, haar geprosesseer."

"Kan u aan die hof verduidelik wat prosesseer behels?"

"Ek het haar vingerafdrukke geneem, foto's ook, haar in die SAP 13 geskryf."

"Het die beskuldigde met u gepraat?"

"Nie wat ek kan onthou nie."

"Is dit normaal?"

"Nie regtig nie. Gewoonlik praat hulle, probeer hulle vir jou verduidelik hoekom hulle dit gedoen het."

"En sy het nie?"

"Glad nie."

"Het u haar kans gegee om 'n oproep na 'n prokureur te maak?"

"Ek het."

"Het sy die oproep gemaak?"

"Sy wou nie 'n oproep maak nie."

"Dankie, konstabel. Geen verdere vrae van my af nie, Edelagbare."

Joubert kom stadig op sy voete. "Konstabel Naudé, het die beskuldigde enige klere by haar gehad?"

"Nee."

"Het sy gesê hoekom nie?"

"Nee."

"Nadat u haar klere geneem het vir forensiese ondersoek, wat het u haar gegee om aan te trek?"

"Van my eie klere."

"Het u dit vreemd gevind dat die beskuldigde geen klere saamgebring het nie? Hierdie is tog 'n vrou wat van Knysna af gery het met net een doel voor oë: om iemand te vermoor. Wat metodies alles ingepak het wat sy nodig gehad het: pistool, knaldemper, ensovoorts. Tog laat sy na om 'n ekstra stel klere te bring. Vind u dit ook so eienaardig soos ek?"

"Ja, dit is eienaardig."

"Geen verdere vrae nie."

Joubert, weet ek toe daar 'n klop aan die deur is. Tog maak ek eers seker deur die loergaatjie voordat ek vir hom oopsluit.

"Ek het kos en wyn." Hy hou twee sakke in die lug. "Alhoewel ek kan sien dat jy nie 'n tekort daaraan het nie." Hy beduie na die glas in my hand.

"Kom in." Ek maak die deur wyer oop, laat hom verbystap en sluit dit agter hom.

Hy sit die sakke op die tafel neer, haal 'n glas uit die afdroograk, neem die bottel wyn wat ek reeds oopgemaak het en skink vir hom in. Dan gaan sit hy op die bank, sy kop agteroor soos een wat moeg is.

Ek stap na die CD-speler, draai Bon Jovi se "You Give Love a Bad Name" sagter. Beduie na my laptop wat op die tafel staan. "Gee jy om as ek eers klaar werk?"

"Werk?" vra hy sonder om sy kop te lig.

"Ek moet 'n e-pos stuur." Vir Magda, sommer net reminders betreffende die winkel, maar dit mag ek nie vir hom sê nie. "Ek het reeds daarmee begin, ek wil dit net klaarmaak."

"Gaan voort."

Twaalf boodskappe in my inbox, sien ek toe ek die e-pos gestuur het. Elf is advertensies, een is van Marnus. Ek maak dit oop.

Ons is 'n dogter ryker! Ek is 'n pa! 3.5 kg met haar ma se pragtige gelaatstrekke en haar pa se lelike tone! Ek heg 'n foto vir jou aan. Ma huil nog die hele aand en Pa kan nie ophou glimlag nie. Ons het lank aan 'n gepaste naam vir haar gedink en besluit dat ons vir haar 'n dapper, sterk naam wil gee. Anna, ontmoet jou peetdogter, Anna!
Groete
Marnus
Ns. Ma en Pa stuur groete, Ma sal jou môre bel (wanneer sy hopelik ophou huil het!)

Ek maak die aanhegsel oop, staar lank na die foto van die baba. Die ogies is styf toegeknyp, asof sy nog nie die wreedheid van die wêreld in die oë wil kyk nie. Die hande in vuisies gebal, as of sy reg is vir enige geveg.

Anna.

Hulle het haar na my vernoem omdat hulle dink dat ek dapper is.

Ek maak die boodskap vinnig toe, moet my oë knip teen die trane. Tel my glas op en vat 'n groot sluk.

Joubert lig sy kop. "Klaar?"

Ek knik.

"Kan ek jou iets vra?"

"Doen jy dit nie in elk geval altyd nie?"

"Elke keer as ek jou sien, drink jy wyn, jy eet normaal, jy luister na musiek. Dit wil vir my voorkom asof hierdie hele saak, die feit dat jy in die hof staan op aanklag van moord, asof jy dit in jou stride vat. Asof jy nie omgee nie. Is dit so, Anna? Pla dit jou nie dat jy 'n man vermoor het nie?"

Ek vier fees want die bliksem is dood – dís wat ek wil antwoord.

Maar ek mag nie. Dus neem ek my tyd om aan 'n gepaste antwoord te dink. Ek staan eers op en maak my glas weer vol, skakel die laptop af, staar na die inhoud van die glas. En die hele tyd volg hy elke beweging wat ek maak.

"Hoe verduidelik ek dit, Joubert?"

Hy wag.

"Oukei, gestel jy het 'n terminale siekte en net 'n jaar oor om te lewe. Wat sou jy doen? Sou jy op 'n hopie gaan sit en jouself jammer kry? Of sou jy die laaste bietjie genot uit die lewe wou haal? Iets doen waaroor jy nog altyd gedroom het? Rekspring dalk?"

"Wat is dit wat jy uit die lewe wil haal, Anna? Waaroor droom jý?"

"Ek wou nog altyd 'n bottel wyn alleen uitdrink," ek hou die glas op. "Ek wou nog altyd gaan fliek." Ek sien die verwarring op sy gesig en verduidelik: "Ek hou nie van teaters nie, dis te donker, jy sit te naby aan die mense langs jou. Ek neem gewoonlik eerder 'n DVD uit. Maar vandat ek hier in Bloemfontein móét sit, het ek gaan fliek. Drie keer. En voor ek tronk toe gaan, wil ek graag seks hê."

Hy verstik effens in sy wyn, hoes, vra dan: "Seks?"

"Seks. Nie gedwonge seks nie, net doodgewone seks, met iemand vir wie ek iets voel."

Toe ek die ongemak op sy gesig sien, verander ek die onderwerp.

113

"As ek 'n alternatief gehad het, sou ek hom nie vermoor het nie. Dit was die laaste uitweg. Die enigste uitweg. Ek voel nie goed daaroor nie. Hoe kan ek? Ek is tog nie 'n monster nie. Maar ek is bly, ek is dánkbaar dat ek dit gedoen het. Ek is nie afgestomp omdat ek moord gepleeg het nie. Ek droom nog. Nuwe variasies op ou nagmerries, maar steeds drome."

Hy kyk lank na my voor hy vra: "Sal jy hom ooit kan vergewe vir wat hy aan jou gedoen het?"

"Dink jy dat molesteerders en verkragters weet wat hulle aan hulle slagoffers doen? Dink jy hulle het ook slapelose nagte? Nagmerries?" ontwyk ek die vraag.

Dié keer bly hy my 'n antwoord skuldig.

"Ek vra dit omdat ek regtig daaroor wonder, Joubert. Niemand kan tog só gevoelloos wees nie, of hoe?"

"Daar's baie mense wat as kinders deur een of ander hel is, maar hulle pleeg nie moord nie."

"Ek vermoed dat hulle soms daaroor droom."

"Ek vermoed dat jy verkeerd vermoed."

"Jy's reg," moet ek erken. "Nie almal is soos ek nie. Daar is mense wat kan vergewe. En dis reg so. As ons almal sou doodmaak teen wie ons 'n wrok het, sou dit chaoties wees, dan nie?"

"Presies."

"Het jy as kind 'n hel gehad waardeur jy moes worstel?"

Hy staan op en skink vir ons nog wyn in. Sy donker oë bly onleesbaar.

"Ek dink dis onregverdig dat ek jou alles moet vertel terwyl ek niks van jóú weet nie. Het jy geraamtes in die kas?"

"Gaan ons nie maar almal een of ander tyd deur hel nie?"

"Die slim seun van 'n vooraanstaande prokureur? Wat het jy gedoen? 'n Meisie op hoërskool swanger gemaak? Dwelms? Jou pa se kar gesteel?"

Hy beduie na die sak op die tafel. "Kom ons eet."

"Vertel eers."

"My pa was 'n vooraanstaande prokureur, jy's reg. Hy was meer op kantoor of in die hof as by die huis. My ma was 'n volslae alkoholis. Die omstandighede in die Van Heerden-huishouding was nie bevorderlik vir 'n rustige, normale kinderlewe nie. Daarmee volstaan ek."

Hy staan op. Gesprek afgehandel. Ek laat los nie.

"Het hulle baie gestry? Wat het jy gedoen?"

Sy oë flits waarskuwend. "Ek het uiting aan my gevoelens gegee deur aggressie. Ek het geglo dat ek alles met baklei kon regmaak. Dat ek almal met my vuiste kon bykom."

"Nou onthou ek jou! Jy was saam met ons op skool en toe donner jy die skoolhoof en word geskors!"

Hy glimlag effens. "Ek sal dit nou nie so kras stel nie."

"En toe gaan jy na 'n duur privaat skool. Hoe het jy daar ingekom?"

"Oom Retief. Hy't my 'n paar keer uit die moeilikheid gekry."

"Jou pa?"

Hy skud net sy kop.

"They fuck us up, our parents."

"Ja."

"En nou? Hoe is jou humeur nou?"

"Ek het gegaan vir terapie, dis onder beheer. En oom Retief het voorgestel dat ek bokslesse neem. Nie om professioneel te boks nie, nie eens om myself te verdedig nie, dit kon ek goed genoeg doen."

"Vir stres," knik ek.

"Boks is 'n baie goeie uitlaatklep vir frustrasie en aggressie." Hy kyk op sy horlosie. "Kom ons eet."

Hy het vars broodrolletjies en tuisgemaakte sop in polisti-reenhouers gebring. Ons eet in stilte, maar dis nie 'n ongemak-like stilte nie.

Ek sluit die voordeur agter hom. Stap uit op die balkon, staan oor die parkeerterrein en uitkyk. Ek skrik effens toe hy skielik reg onder my praat.

"Terminale pasiënte leef die meeste van die tyd in ontken-ning, dié dat hulle so oorboord gaan. Rustige nag, Anna."

"Die staat roep dokter Coetser."

Terwyl sy ingesweer word, staar ek na haar. Na haar blonde hare wat lossies in haar nek vasgemaak is. Haar oë agter die dikraambril, die kringe daaronder wat soos kneus-plekke lyk. Ek voel nogal jammer vir haar. Dit kan nie 'n lek-ker werk wees om heeldag na ander se hartseer te luister nie.

"Wat is u professie?"

"Ek is 'n praktiserende psigiater."

"Vir hoe lank is u al in die beroep?"

"Drie jaar."

"Was u al voorheen 'n getuie in 'n hofsaak?"

"Nee, dis my eerste keer."

"Dokter Coetser, u het die beskuldigde ondersoek?"

Sy knik. "Ek het."

"Het u bevind dat sy verhoorbaar is?"

Knik weer. "Ek het."

"Het u bevind dat sy toerekeningsvatbaar is?"

"Ek het."

"Het u en juffrou Bruwer die beweerde molestering be-spreek?"

"Ja."

"Wat is u bevinding as kundige?"

"Dis baie moeilik om by volwassenes te oordeel of die so-genaamde molestering gefabriseer of eg is."

Ek voel die hare agter in my nek regop staan. Wat bedoel sy? My jammerte vir haar verdamp net daar.

"Verstaan ek u reg? Bestaan daar 'n moontlikheid dat die be-skuldigde nie as kind gemolesteer is nie?"

"Dit kan ek nie met sekerheid sê nie. Intense terapie is nodig om dit te evalueer. Maar daar bestaan by my min twyfel dat die beskuldigde só getraumatiseer was deur die selfmoord van haar suster dat sy geknak het en om daardie rede moord kon pleeg."

"Dokter, is 'n pedofiel rehabiliteerbaar?"

"Absoluut. As daar 'n opregte begeerte is om te verander."

"Indien die beskuldigde weer 'n trauma van een of ander aard moet beleef, bestaan daar 'n moontlikheid dat sy, om u woorde te gebruik, weer kan knak?"

"Ja, dit is moontlik."

"Ek het geen verdere vrae nie."

Joubert staan vinnig op. "Dokter Coetser, kan u asseblief her-haal wat u gesê het in verband met die selfmoord van die be-skuldigde se suster?"

"Dat daar min twyfel by my bestaan dat die trauma daarvan haar oor die rand van redelikheid gestuur het."

"U is bewus daarvan dat die verdediging ook 'n deskundige aangestel het om die beskuldigde te evalueer?"

"Ek is."

"Ek moet dit aan u stel dat daar by hom geen twyfel bestaan dat die beskuldigde wel as kind deur Danie du Toit gemolesteer en verkrag is nie."

"U moet verstaan —"

"Dit was nie 'n vraag nie, dokter. U is van mening dat pedo-fiele rehabiliteerbaar is?"

117

"Ja, ek is."

"Het u enige studies gedoen wat dit kan bevestig?"

"Daar is studies wat bevestig dat wanneer 'n pedofiel 'n opregte begeerte daarna het, rehabilitasie moontlik is."

"Ken u 'n meneer Divan Carelse?"

"Ja."

"Hoe ken u hom?"

"Hy was 'n pasiënt van my."

"En 'n veroordeelde pedofiel?"

"Ja."

"En hy is gerehabiliteer?"

"Ja."

"Suksesvol?"

Sy aarsel. "Nee, meneer Carelse is –"

Joubert val haar bruusk in die rede: "Meneer Carelse is twee jaar ná sy vrylating en sy suksesvolle rehabilitasie – volgens u – weer in hegtenis geneem op dieselfde aanklag en twee maande gelede weer gevonnis."

"Meneer Carelse is 'n geïsoleerde geval."

"Werklik?" Hy kyk verbaas na haar. "Is die soortgelyke gevalle van meneer Xhola en meneer De Beer ook sulke uitsonderings?"

Toe sy nie antwoord nie, vervolg hy: "Dokter, ek stel dit as 'n vraag aan u: Is die rehabilitasie van pedofiele suksesvol?"

Sy kyk af. "Nie in alle gevalle nie."

"Weet u van 'n geval waar rehabilitasie wel suksesvol was?"

Stilte.

"Dokter?"

"Nee."

"Ek het niks meer vir hierdie getuie nie," terwyl hy met sy hand waai, asof hy 'n lastige vlieg verjaag.

Die hof verdaag. Joubert wink na my, maar ek maak of ek dit nie raaksien nie. Storm kop omlaag tot by my motor. Ry so vinnig soos wat ek kan terug woonstel toe.

En nou sit ek hier. Alleen. Met droë oë. Omdat ek weier om te huil. Al wil ek. Al kry ek myself op hierdie oomblik bitter jammer.

Ek kan verstaan hoekom daar mense is wat rook of drink of dwelms van een of ander aard gebruik. Soms is die werklikheid net té werklik. Soms het 'n mens iets nodig om jou te help ontsnap. Maar dis te vroeg om te begin drink, dis nog nie eens middag nie.

Is daar werklik mense soos Annelien Coetser wat glo dat iemand 'n storie sal opmaak oor verkragting? Is daar nóg mense wat my nie glo nie? Joubert dalk?

Sal die hof my glo?

Dis Joubert, dink ek toe daar 'n klop aan die deur is. Ek ignoreer dit. Ek wil nie nou met hom praat nie.

Die geklop hou egter aan, raak dringender. Ek staan geïrriteerd op en maak oop. Deins onmiddellik weg. My ma.

"Jy? Hoe weet jy waar ek bly?"

"Ek het buite die hof gewag en jou gevolg tot hier."

"Hoe het jy ingekom?"

"'n Gawe jong man het vir my oopgemaak. Kan ek inkom?"

"Nee, jy's nie veronderstel om hier te wees nie."

"Ek wou net kom kyk of jy oukei is. Ek wou lankal, maar ek het nie die moed gehad nie."

"Van wanneer af gee jy om of ek oukei is?"

"Anna . . ."

"Wat wil jy hê?"

"Ek getuig oor twee dae, ek wil graag met jou daaroor praat."

"Ek mag nie. Ek kan teruggaan tronk toe as iemand ons by-mekaar sien, verstaan jy dit nie?"

"Ek moet sekere goed met jou bespreek. Dis belangrik."

"Ek wil nie hoor nie."

"Ek het geweet . . . ek het geweet wat hy aan jou gedoen het. Aan Carli ook . . ."

Sy begin huil, lelike, snotterige snikgeluide.

"Ek is jammer, Anna. Ek het hom soveel keer gesmeek om op te hou, hy het elke keer belowe. Jy moet verstaan, ek kon hom nie los nie. Wat sou van ons word? Waarheen sou ons gaan? Ek werk al jare nie meer nie. Ek het niks, Anna, níks. Net wat hy vir my . . . vir óns gegee het. Sonder hom . . . ek sou nie sonder hom kon lewe nie. Ek het . . ."

Ek druk die deur toe.

Sak met my rug daarteen af tot op die koue teëls. Soveel vir selfbeheersing, snik ek. Soveel vir maak die beste van elke dag.

Toe sy weer klop, ignoreer ek dit. Staan so sag moontlik op en loop na die sitkamer. Halfpad steek ek vas, want dis Joubert wat na my roep. Ek wil hom nie sien nie!

Maar ten spyte van myself draai ek om, gaan maak die deur oop.

Ons staan net daar, ek aan die binnekant van die veiligheids-hek, hy buite. In stilte. Dan maak hy keel skoon. "Was jou ge-sig, kry 'n warm baadjie en 'n boek en kom."

Ek skud my kop. "Ek wil nêrens heen gaan nie."

"Dit sal jou goed doen."

Ek gehoorsaam. Dit kan seker nie ellendiger wees as om by die huis te sit en huil nie.

Hy stop eers by sy huis, beduie dat ek moet wag. Kom minute later uitgestap met 'n kombers in die een hand en 'n mandjie in die ander. Sy pak se baadjie verruil vir 'n dik wolbaadjie.

Hy sê nie waarheen ons gaan nie, ek vra nie. Toe hy eindelik stilhou, neem ek aan dat ons by 'n park is. Eers toe hy die toegangsgeld betaal en ons deurstap, besef ek dis 'n dieretuin.

"Ek hou nie van dieretuine nie," sê ek. "Ek kry altyd die arme ingehokte diere so jammer."

"Ek ook," erken hy. "Maar dis die stilste plek in Bloem waarvan ek weet. Ek kom baie hierheen, nie om na die diere te kyk nie, sommer net om te dink."

Hy gooi die kombers op die gras oop, sit die mandjie daarop neer, beduie dat ek moet sit. Ek kyk om my rond. In die somer moet hierdie uitgestrekte grasperk 'n oase wees. Nou is die gras geel en droog.

"Gaan ons nie koud kry nie?" vra ek skepties toe ek kruisbeen gaan sit.

"Nee wat. Selfs in Julie kan die Vrystaatse winter draaglik wees gedurende die middag, veral as jy 'n sonkolletjie soos hierdie het."

Hy maak die mandjie oop, hou 'n bak toebroodjies na my uit. "Honger?"

"Jy het vinnig broodjies gemaak?" vra ek verbaas toe ek een vat. Besef skielik hoe honger ek is.

"Ek het huis toe gebel toe die hof verdaag en vir Maggie gevra om broodjies en koffie te maak."

Ek knik terwyl ek die mense om ons onderlangs dophou. 'n Paar loer in ons rigting.

"Mense kyk na my. Hulle weet wie ek is. Wat ek gedoen het."

"Niemand kyk nie." Hy hou 'n beker koffie na my uit. "Niemand weet nie. Nie nou al nie. Dit sal later kom, daarvan is ek seker."

Vir 'n rukkie eet en drink ons in stilte.

Ek vou my hande om die koffiebeker, koester die laaste bietjie warmte. "Moet jy nie op kantoor wees nie?"

"Ek het die middag afgevat."

"En jou ander sake?"

"My vennote het almal oorgeneem. Vir eers konsentreer ek net op jou saak."

"Dankie."

Klaar geëet, lê hy gemaklik agteroor, sy baadjie onder sy kop, boek in die hand. *The Da Vinci Code* van Dan Brown. Ek trek ook my baadjie uit, druk dit onder my kop in, gaan langs hom lê. Ek voel die wintersonnetjie deur my trui tot op my vel.

Hy glimlag toe ek *Harry Potter and the Philosopher's Stone* oopslaan, maar sê niks. Ek ignoreer die glimlag, want ek het pas besef dat ek nie stimulante nodig het om van die werklikheid te ontsnap nie. Daarvoor het ek nog altyd boeke gehad.

Heelwat later, toe ek die koue deur my trui voel slaan, maak ek my boek toe, staan op en trek my baadjie aan. Hy doen dieselfde. Skink vir oulaas vir ons koffie uit die fles.

"Voel jy nou beter?"

"Ja, dankie."

Ek móét weet. "Glo jy my, Joubert? Glo jy dat ek die waarheid praat oor wat hy aan my en Carli gedoen het?"

Hy knik.

"Glo jy my omdat oom Retief my glo?"

"Ek glo jou omdat jy so sê."

11

Dokter Du Plessis se krulhare lyk woester as ander dae. Hy hou my peinsend dop.

"Ek is bekommerd oor jou, Anna. Jy neem alles – die hofsaak, die weersiens met jou ma – net te rustig op. Jy's te kalm."

"Sou jy verkies dat ek gillend weghardloop?"

"Nie weghardloop nie, net gil. Weet jy van die Noorweegse skilder Edvard Munch?"

"Nee."

"Hy's beroemd vir sy skildery van 'n vrou wat op 'n kaai staan, haar mond wyd oop in hierdie stille kreet. Jy laat my aan haar dink: vir ewig vasgevang in 'n geluidlose gil. Ek wil hê dat jy moet gil, Anna. Ek wil hê jy moet uiting gee aan jou emosies. So hard soos wat jy kan."

"Toe ek gegil het, dokter, het niemand aangehardloop gekom om te help nie. Die laaste keer toe ek uiting aan my emosies gegee het, is 'n man dood. Of hy dit verdien het of nie, is nie die kwessie nie. Hy's dood. Ek het dit gedoen omdat ek eerder na my emosies as na my gesonde verstand geluister het."

"Ek wil hê dat jy moet gil," herhaal hy asof ek nie gepraat het nie. "So hard soos wat jy kan."

Sy lyk eintlik klein so bang is sy, dink ek toe ek vinnig na haar kyk terwyl sy na die getuiebank gelei word. Dan kyk ek af na my ineengestrengelde hande. Ek wil haar nie sien nie.

Maar ek kan dit nie help nie, my oë vind haar tog weer.

Vicky Gouws moet ook besef hoe bang sy is, want haar stem is sagter as gewoonlik.

"Mevrou Du Toit, u is die vrou van die oorledene, is dit korrek?"

"Ja."

Haar stem klink bewerig en haar keel beweeg soos sy sluk.

"U is ook die moeder van die beskuldigde?"

"Ja."

"Kan u asseblief aan die hof vertel wat in die vroeë oggendure van die negende Februarie plaasgevind het?"

"Ons het wakker geword van die voordeurklokkie wat lui . . ."

"Hoe laat was dit?"

"Ek kan nie met sekerheid sê nie, ek skat dit was tussen drie en vier."

"Gaan voort."

"My man het opgestaan om te gaan kyk wie dit is."

"U het nie?"

"Nee."

"En toe, mevrou?"

"Hy het na my geroep dat dit Anna is. Ek was besig om my kamerjas aan te trek toe ek die geluide hoor."

"Geluide?"

Sy knik, kyk vlugtig na my. "Ja, nie harde geluide nie, so 'n sagte soort pop-geluid. En toe die geluid van glas wat breek."

"En toe?"

Ek luister afgetrokke na haar vertelling. En toe sy begin huil en Vicky vir haar 'n snesie aanbied, kan ek nie simpatie vir haar bymekaarskraap nie. Kan ek haar nie jammer kry nie.

Vicky draai na die landdros. "Geen verdere vrae nie."

Joubert staan op.

"Dis vir my interessant dat my geleerde kollega nie vra oor die beweerde molestering waarvan die hof reeds in vorige getuienis gehoor het nie. Mevrou Du Toit, u is bewus daarvan dat Anna beweer dat u man haar jare lank seksueel gemolesteer het?"

Moenie na haar kyk nie, Anna, kyk op 'n ander plek. Hóú jou oë daar. Dis amper verby. Amper.

"Ja."

"Glo u die bewerings?"

Ek kyk tog op.

Sy aarsel, sluk weer, vee met die snesie oor haar gesig. "U ken nie my man nie. Hy is . . . hy was altyd die toonbeeld van goedheid. Hy was ouderling, aktief betrokke by die kerk en die gemeenskap."

"Beantwoord asseblief die vraag, mevrou."

"Ek het hom gesmeek om vir Anna uit te los. Ek het geglo hy sou." Haar stem styg hoër, kry 'n histeriese klank.

"Met ander woorde, u het geweet?"

Stilte.

"Mevrou?"

"Ja, ek het geweet," fluister sy, haar kop gebuig.

"En u het niks gedoen om haar te beskerm nie?"

Sy kyk op, reguit na my, in my oë. "Ek het nie geweet hoe nie. Ek het nie geweet wat ek kon doen nie."

"U kon nie u man vir 'n egskeiding dagvaar nie? U kon nie u kinders neem en vlug nie?"

Sy skud haar kop. "Ek was 'n slegte ma vir my kinders, ek erken dit. Ek weet ek moes hulle beskerm het, maar ek het nie geweet hoe nie. Regtig nie."

"Toe hou jy jouself blind. En jaag Anna uit die huis toe sy jou van Carli vertel?"

"Ek het gedink dit sal beter wees as Anna uit is." Haar stem klink skielik heelwat sterker. "Dan kon hy dit nie meer aan haar doen nie."

"En om Anna uit die huis te jaag, 'n sestienjarige kind, was die enigste oplossing?"

Haar stem breek toe sy wil antwoord en sy begin huil, dieselfde lelike, snotterige geluide as by my woonstel.

"Ja," kom dit skaars hoorbaar deur die snikke.

Ek kan myself nie keer nie, spring op. "Jý moes iets gedoen het, ons was jóú verantwoordelikheid! Hoe kon jy? Hoe kon jy toelaat dat hy dit aan Carli doen?"

Joubert swaai om na my met 'n dringende gebaar.

Ek sak terug op my sitplek. My hele lyf bewe, dit voel of my hart uit my borskas gaan spring so vinnig klop dit.

Landdros Motsepe loer oor sy bril, wink Joubert en Vicky nader. Hy praat sag met hulle voor hulle weer hulle plekke inneem.

Joubert gluur my 'n oomblik aan en hervat sy ondervraging.

"Mevrou Du Toit, het u 'n oomblik nodig, of is u in staat om voort te gaan?"

Sy vee oor haar gesig. "Ek wil voortgaan."

"By wie het Anna toe gaan woon?"

"By Marnus se ouers." Die bewerigheid is nog nie heeltemal uit haar stem nie.

"Meneer en mevrou Roodt?"

"Dis reg."

"Het u kontak met meneer of mevrou Roodt gehad?"

"Ek het meneer Roodt gekontak, ja."

"Het u Anna se besittings, haar klere en haar kat by hulle huis gaan aflaai?"

Sy sluk. "Ja."

"Het u ooit probeer om met Anna kontak te maak gedurende haar verblyf by die Roodts?"

"Nee. Maar ek het soms met mevrou Roodt kontak gehad, om te hoor hoe dit met Anna gaan."

My kop ruk op. Hoekom het tannie Miriam nooit iets daarvan gesê nie?

"Het u mevrou Roodt gekontak, of sy vir u?"

"Sy het my gekontak."

My kop sak weer.

"Dis nou veertien jaar vandat u Anna uit die huis gejaag het. Hoeveel keer in hierdie veertien jaar het u met Anna gepraat?"

"Ek weet nie."

"Twee keer, mevrou. Twee keer in veertien jaar. En elke keer was dit Anna wat ú gekontak het."

Stilte.

"Mevrou, het u ander dogter, Carli, ooit na u gekom met dieselfde klagte van molestering deur u man, haar pa?"

Weer stilte, sodat Joubert die vraag moet herhaal.

"Ja," knik sy sonder om op te kyk.

"En weer doen u niks? En nou is u jongste dogter aan haar eie hand dood, u man is vermoor en u oudste dogter staan in die beskuldigdebank."

Sy kyk op, rooi in die gesig. "As jy probeer om my skuldig te laat voel, kan jy maar ophou. Ek weet ek is skuldig. Ek weet ek moes opgetree het. Nou is dit te laat."

"Inderdaad. Wat het u en u man gedoen toe u ontdek dat Carli van die huis weggeloop het?"

"Ons het die polisie laat weet."

"Het u na Carli gesoek?"

"Ons het al haar vriende gekontak. Niemand het geweet waar sy was nie."

127

"Het u nie vermoed dat sy by Anna kon wees nie?"

"Nee, ek het nooit aan Anna gedink nie."

Landdros Motsepe roep hier halt. "Die hof sal nou verdaag vir die middagpouse."

Joubert sleep my behoorlik agter hom aan na 'n kantoor toe. "Waarvoor was die uitbarsting?"

Ek staan stom voor hom.

"Anna, jy kan nie bekostig om so 'n uitbarsting te hê nie! Verstaan jy nie? Die landdros ken jou nie, hy hoor net die feite aan. En aan die einde van die verhoor gaan hy terugdink en hierdie uitbarsting onthou. Dis sy werk."

Hy gooi sy hande moedeloos op toe ek nie antwoord nie. "Ek besef dit moet vir jou emosioneel wees om haar te hoor getuig, maar die hof is nie die plek vir emosionele uitbarstings nie!"

"Sy het nie alles vertel nie, sy het iets uitgelaat, dis hoekom ek nie kon stilbly nie."

"Wat?"

Ek voel die verraderlike trane agter my oë brand, voel hoe my keel toetrek.

"Ek was vasbeslote om hom te skiet, maar toe ek hom sien, toe kon ek nie. Hy was so oud. Toe dink ek: as ek hom net skrikmaak, as ek hom net verneder soos wat hy met ons gedoen het. Toe skiet ek die blompotte stukkend. Hy't homself natgemaak van vrees, hy't gesmeek vir genade. Dit was genoeg vir my, dit en die feit dat my ma sy vernedering gesien het. Hy moes my huiwering opgemerk het, hy moes besef het dat ek niks meer wou doen nie. Want toe sê hy dat ek en Carli daarvoor gesoek het, dat ons daarvoor gevrá het. Sy presiese woorde was: 'Jy het dit geniet, jy wou dit net soveel hê as ek. Elke keer wanneer ek aan jou geraak het, was jy sopnat. Kon ek voel jy was rég daarvoor.'"

Ek kan die trane nie meer keer nie, laat toe dat dit oorspoel. "Ek sal daardie woorde nooit kan vergeet nie."

Sy lyk kalm toe sy weer haar plek inneem, hare gekam, vars grimering aan.

Joubert hervat sy ondervraging.

"Mevrou, het u man met Anna gepraat voordat sy hom geskiet het?"

"Ja."

"Wat het hy gesê?"

"Ek kan nie onthou nie."

"Kom ek verfris u geheue: het hy nie gesê dat Anna en Carli daarvoor gesoek het nie, dat hulle daarvoor gevra het?"

Sy kyk af na haar hande. "Ja, hy het."

"Het hy ook gesê dat Anna dit geniet het? Dat sy dit net soveel wou hê as hy? Het hy gesê dat sy reg daarvoor was, elke keer wanneer hy aan haar geraak het?"

Haar gesig vertrek. "Ja."

"En tóé skiet Anna hom?"

"Ja . . ." Tussen nuwe snikke deur kom die woord amper onhoorbaar uit.

"Hoe het u gevoel toe hy dit vir Anna sê?"

"Ek . . ." Sy skud haar kop, blaas haar neus.

"Mevrou Du Toit, antwoord asseblief die vraag."

Sy haal sidderend asem. "Ek kon nie glo dat my man, die man vir wie ek lief was, sulke dinge van my dogters kon sê nie."

"Geen verdere vrae nie, Edelagbare."

Vicky Gouws staan op.

"Dis 'n wrede ding wat u man haar toegesnou het, nie waar nie, mevrou Du Toit?"

"Ja."

"Maar is dit so wreed dat hy met sy lewe daarvoor moes be-
taal? U hoef nie te antwoord nie. Sê eerder vir my waarom u
nie gedink het dat Carli na Anna sou gaan nie?"

"Sy was klein toe Anna weg is. Ek het nie besef dat sy haar
eens onthou nie."

"Daar was geen kontak tussen u dogters nie?"

"Nee."

"Daar was geen spesiale band tussen hulle nie?"

"Nee."

"Is dit nie eienaardig dat Anna beweer dat Carli se selfmoord
haar gedryf het om die moord te pleeg nie? Die selfmoord van
iemand met wie sy geen band gehad het nie? Iemand wat sy in
veertien jaar nooit gesien het nie?"

"Hulle was susters."

"Geen verdere vrae nie."

Toe die hof verdaag, kom sy reguit na my aangestap. Ek staan
ingehok, kan nie wegkom nie. Haar gesig lyk oud en oneindig
moeg.

"Ek is jammer, my kind, oor wat hy aan jou gedoen het. Ek is
jammer dat ek nooit teen hom opgestaan het nie. Ek moes teen
hom baklei het. Ek is bitterlik jammer."

Windhond druk nommer vyftien en wag. Geen antwoord. Hy
druk weer. Hy kan haar motor onder die afdak sien staan. Sy
moet tuis wees.

Toe hy weer druk, klink haar kortaf "Ja?" oor die interkom.

"Dis superintendent Webber, juffrou Bruwer."

Die hek skuif stadig oop en hy ry deur. Toe hy uitklim, sien
hy haar op die balkon staan. Hy klim die trappe na haar op.

"Ek is besig, superintendent. Kan ons nie later praat nie?"

"Ek is nou hier."

"Kom in," sug sy.

"Dit moes vir jou 'n spanningsvolle dag gewees het, met jou ma in die getuiebank en alles," begin hy lamlendig.

"Dit was, ja, en ek is moeg. Is daar iets spesifieks wat jy wou weet, superintendent?"

"Noem my Leon."

"Ekskuus?"

"My naam is Leon. Anna, mag ek jou maar so noem?" Hy wag tot sy knik. "Ek is nie hier in my professionele hoedanigheid nie."

"As wat is jy dan hier?"

"Kan ek iets kry om te drink? Tee dalk?"

"Ek bring."

Terwyl hy wag, sit hy voor hom en uitstaar. Is self nie seker hoekom hy hier is nie.

Sy plaas die skinkbord voor hom neer, beduie dat hy homself moet help. Niks vir haar nie, merk hy op. Sy beskou hom beslis nie as 'n vriend nie.

Hy leun terug, roer die tee tydsaam voor hy sê: "Ek wil weet hoe jy nou voel, Anna. Noudat Du Toit dood is."

Sy kyk onbegrypend na hom.

"Voel jy beter? Voel jy dat geregtigheid uiteindelik geseëvier het?"

Sy bly net na hom staar.

"Ek is nie hier as 'n lid van die polisie nie," herhaal hy. "Ek is hier as . . ." hy beduie onbeholpe met sy linkerhand, "'n vriend, as jy wil. Hoe voel jy nou daaroor, Anna?"

"Ek verstaan nie hoekom jy dít wil weet nie."

"Ek ook nie," erken hy. "Dalk uit blote nuuskierigheid?"

"Superintendent . . . Leon, om een of ander rede dink ons

131

almal dat as die oorsaak van die probleem verdwyn, sal die probleem ook verdwyn. Dis ongelukkig nie waar nie. Hy sal altyd deel van my lewe wees, of ek daarvan hou of nie. Maak nie saak hoe hard ek daarteen baklei nie. Maar ja, ek voel dat geregtigheid geseëvier het. Ek is nie vir 'n oomblik spyt oor wat ek gedoen het nie."

Hy knik, sluk die laaste bietjie tee af, sit die beker voor hom op die tafel neer. "Met ander woorde, as jy weer voor so 'n keuse te staan sou kom, sou jy dit weer doen?"

"Absoluut."

"Geen vertwyfeling nie?"

"Nee. Hy en sy soort is soos 'n pes. Alles waaraan hulle raak, word besmet, tot in ewigheid."

"En jy is bereid om daarvoor tronk toe te gaan?"

"Ek sou verkies om nie te gaan nie, maar ja, ek is bereid."

Hy staan op. "Dankie vir jou tyd, Anna."

"Is dit al, superintendent?"

"Leon."

"Is dit al?"

"Dis al." Hy loop deur toe, aarsel 'n oomblik, draai terug. "Onthou, Anna, daar is altyd lig aan die einde van die tonnel."

12

Lank nadat die deur agter Webber toegegaan het, staan ek nog daarna en kyk. Toe tel ek my selfoon op, skakel Joubert se nommer.

"Kom slaap vanaand by my, asseblief. Ek wil nie alleen wees nie, en ek ken niemand anders nie."

"Anna . . ."

"Op die bank, nie sáám met my nie."

"Ek kom."

Toe ek sy voetstappe op die trap hoor, sluit ek solank die veiligheidshek oop.

Hy gee een kyk na my sweetpakbroek en tekkies. "Kom."

"Ek wil nie nou iewers heen gaan nie."

"Kom, Anna."

Ons is albei stil in die kar. Toe ons voor 'n verwaarloosde gebou in 'n afgematte buurt stilhou, kyk ek vraend na hom. Kry net 'n glimlag as antwoord.

Die binnekant van die gebou is 'n verrassing. Netjies en skoon, met slaansakke wat oral hang. Twee afgekampte areas in die middel, bokshandskoene van verskillende groottes in rye teen een muur.

"Joubert!" roep 'n groot man en loop ons tegemoet. Hulle groet hartlik.

"Martin, dis Anna Bruwer. Anna, dis Martin Groenewald, en dit," Joubert swaai sy arms entoesiasties, "is sy gym."

"Lekker om jou te ontmoet, Anna," sê die groot man. "Joubert, jy weet waar alles is. Roep as julle my nodig het."

Ek skud my kop toe hy wegloop. "Ek kan g'n boks nie, Joubert!"

"Ek gaan jou leer," sê hy ongestoord. "Daar's geen beter oefening as boks nie. Vir drie redes. Een: dit sal help dat jy van al jou angs en woede ontslae raak. Glo my, niks voel so lekker soos om jou frustrasies op 'n slaansak uit te haal nie. Twee: enige soort oefening stel 'n hormoon in jou brein vry, endorfien, die goed-voel-hormoon wat –"

"Ek het daardie fliek gesien. Die een waar die prokureur betoog dat haar kliënt onmoontlik nie die moord kon pleeg nie omdat sy te veel oefen en daarom goed voel en dat mense wat goed voel nie moord pleeg nie. Die probleem is dat ek klaar moord gepleeg het. En ek stel nie rêrig daarin belang om goed te voel nie."

Hy lag my besware weg. "En drie: dit sal jou meer selfvertroue gee en jou darem iets van selfverdediging leer."

Daarteen kan ek nie stry nie. Dus laat ek toe dat hy vir my 'n paar handskoene uitsoek, my hande daarin druk en die veters vasmaak.

Hy lei my na die naaste slaansak. "Ek sal die sak vashou, gebruik eers jou regterhand en slaan."

Ek slaan.

"Harder."

Ek slaan harder.

"Weer."

Ek slaan weer en weer en weer.

"Nou die ander hand."

Na 'n rukkie wys hy my hoe om die houe met skoppe af te wissel. Ek moet teen my sin erken dat ek dit begin geniet.

"Jy doen goed!" roep Martin van die ander kant af en ek wuif vir hom.

Eers toe ek swetend na asem staan en hyg, maak Joubert die handskoene los. "Môre kan jy dit alleen doen. Ek sal langs jou oefen."

Ek glimlag.

Hy glimlag terug. "Beter?"

"Beter."

Die volgende oggend is dit daar: prominente opskrif op bladsy 2.

Ek vou die koerant netjies by die berig oop, plaas dit voor Joubert se bord. Terwyl my hande besig is met roosterbrood maak, eiers omdraai in die pan, koffie skink, betrap ek myself kort-kort dat ek na die koerant staar.

Die glimlag om Joubert se mond verdwyn toe hy inkom en die koerant sien. Ek hou hom dop terwyl hy lees, herhaal die woorde wat in my geheue vasgebrand is.

Ma het geweet van molestering, hoor hof

Mev. Johanna du Toit, vrou van die vermoorde mnr. Danie du Toit, het gister getuig dat sy geweet het haar dogters word deur haar man misbruik . . .

Joubert vou die koerant toe, plaas dit eenkant op die tafel. "Ek is verbaas dat daar so 'n lang stilte was ná die eerste berig. Het jy opgelet dat daar elke keer meer mense in die hof sit?"

Ek skud my kop. "Hoekom is dit so?"

"Daar is mense wat op hofsake teer. Dis hulle daaglikse soapie, waar hulle na ander mense se probleme kan luister om vir 'n ruk van hul eie te vergeet. Waar hulle kan besluit wie die waarheid praat en wie lieg. Waar hulle regter kan speel."

"Dis seker nie waar van die joernalis nie? Dis tog haar werk."

"Is seker so." Hy trek sy beker koffie nader. "Jy besef natuurlik dit gaan nie beter word nie? Dat hulle nou die sensasionele deel van die hofsaak beet het?"

Ek knik.

"Is jy reg daarvoor?"

"Ek het dit soort van verwag, dat die koerant daaroor sal skryf. Dit maak ook nie regtig saak nie."

"Jy gaan nie altyd hou van wat hulle skryf nie."

"Ek besef dit."

"Miskien moet jy die koerante vir eers vermy?"

Ek trek my skouers op.

Met Joubert weg voel die woonstel skielik grafstil. Ek ruim die kombuis metodies op, bêre die beddegoed wat hy gebruik het in die gangkas. Toe vat ek my sleutels, trek die deur en veiligheidshek agter my toe.

Ek parkeer die motor windskeef, klim uit en stap.

Ek kry die graf maklik. Hier tussen onversorgde grafte en gras wat te lank is, lê nog 'n slagoffer. Een man het die mag gehad om twee lewens onherroeplik te verander. Omdat sy lus te groot was. Omdat hy homself nie kon beheer nie. Kap af! Werp dit van jou weg!

Ek gaan sit op die gras wat effens plat lê, bewys daarvan dat daar gereelde besoek aan die grafte is. Probeer ignoreer die feit dat dit hy is wat langs haar lê. Hoe kon my ma hom hier . . .

"Anna?"

Ek staan stadig op, draai na haar.

Dis die blomme wat dit doen, die feit dat sy daar staan met twéé bosse blomme. Woede styg witwarm en onkeerbaar in my op.

"Wat maak jy hier? Ek wil jou nie sien nie! Behalwe dat ek

nie mag nie, wíl ek jou nie sien nie! Nooit weer nie! Ek haat jou! Hoor jy my? Háát jou!"

"Anna . . ."

"Ek wou jou ook skiet, weet jy dit? Ek het daardie laaste koeël vir jou gebêre. Vir jou!"

"Miskien moes jy."

"Nee, ek is bly ek het nie. Sodat jy kan lý. Sodat jy elke oomblik kan onthou dat jy moes praat, maar jy het nie. Dat jy weer en weer kan beleef dat jy moes keer, maar jy het nie."

"My kind . . ."

"Ek is nie jou kind nie! Hoe kon jy hom hier begrawe, reg langs haar? Hy was haar verkragter!"

"Hy was ook haar pa."

"En jy is die naam ma nie werd nie!"

Ek druk verby haar, hardloop die laaste paar meter na my motor.

Windhond laat toe dat inspekteur Jantjies bestuur, want hier in Rocklands sal hy te maklik verdwaal. Te veel verkeer, te veel mense, te veel klanke.

Van een tavern na die volgende ry hulle, vra dieselfde vrae: Het jy die man gesien? Ken jy vir Quentin Daniels? Wanneer laas was hy hier? Waar is hy nou?

Aan en aan en aan. Deel kaartjies met hul nommers uit. Tot Jantjies later na Windhond draai.

"Nee, fok, Sup, 'n man kan mos nie net so verdwyn nie! Dalk is hy terug by sy antie se huis in Heidedal."

Windhond skud sy kop. "Nee, hy sal dit nie soontoe waag nie, hy weet wat daar vir hom wag. Dan moet ons maar vir Boytjie gaan sien."

"Blerrie gemors. Maar dit kan seker nie anders nie."

Boytjie is 'n polisie-informant wat net so lief is om infor-mant vir die ander kant te speel. Nie te vertroue nie, weet Windhond, maar as iets in die omgewing gebeur, weet Boy-tjie daarvan.

"Meneer De Witt, wat is u professie?"

"Ek is 'n prokureur."

Vicky blaai deur haar notas. "En u kom ook van Knysna?"

"Dis reg."

"Hoe is die oorledene aan u bekend?"

"Ons was vriende."

"Goeie vriende?"

"Ja."

"Meneer De Witt, het die oorledene ooit met u gepraat oor sy verhouding met sy dogters?"

"Hy het aan my genoem hoe bekommerd hy was oor Carli, sy jongste dogter."

Sy draai haar kop skeef. "Bekommerd? Hoekom?"

"Sy was deurmekaar met die verkeerde vriende en is uit die skool geskors. Hy was bekommerd dat dit nie lank sou wees voor die tweede skool haar ook sou skors nie."

"En die beskuldigde, Anna Bruwer, het hy ooit met u oor haar gepraat?"

Vir 'n oomblik verlaat sy blik Vicky, kyk hy reguit na my.

"Toe hy nog in Knysna gewoon het, het hy soms oor haar ge-praat. Hy't vertel hoe moeilik dit vir hom was om 'n ander man se kind groot te maak, veral omdat sy 'n meisie is. Hy't gesê dat hy haar nie verstaan nie."

"Was sy ooit in die moeilikheid by die skool?"

"Nie sover ek weet nie. Maar ek onthou dat sy eenkeer betrap is vir winkeldiefstal. Sy en 'n vriendin het 'n musiekkasset gesteel. Daar het nooit enigiets daarvan gekom nie, Danie het dit net aan my genoem."

"En die beskuldigde se biologiese pa, het u hom geken?"

"Nee, maar ek het van hom geweet. Hy was in die polisie, het Danie vertel."

"Het die oorledene nog enigiets oor die pa gesê?"

"Net dat hy bekommerd was oor die invloed wat die pa op Anna kon hê, en dat hy oortuig was dat die man idees in Anna se kop geplant het."

"Die invloed wat hy op Anna kon hê?"

"Hy was 'n alkoholis."

My hart begin vinniger klop, my hande bewe só dat ek hulle onder my bobene indruk. Ek laat my kop sak, konsentreer op my asemhaling. Ek wil opspring, ek wil op hom skreeu: Jy het nie my pa geken nie! Jy het geen reg om dit te sê nie!

Ek wil vir hom skreeu dat 'n alkoholispa in alle opsigte beter is as 'n perverse stiefpa. Dat al was my pa nie elke aand nugter nie, het ek nooit nodig gehad om my kamerdeur uit vrees te sluit nie. Het ek nooit nodig gehad om op die vloer te lê en aantrek omdat ek bang was hy loer my af nie. Kon ek bad of stort sonder om die deur te sluit.

Maar ek moet stilbly. Stom Anna.

"Ek het geen verdere vrae nie." Vicky glimlag vir De Witt voor sy gaan sit.

Joubert kom orent. "Meneer De Witt, u sê dat u goeie vriende met meneer Du Toit was. Hoe gereeld het u kontak gehad?"

"Vandat hulle na Bloemfontein verhuis het, nie so gereeld soos wat ek graag wou nie."

"Met ander woorde, u was nie sulke goeie vriende nie. Het die oorledene ooit oor sy seun se optrede gekla?"

"Nie by my nie."

"En tog het daardie seun nadat hy die huis verlaat het, iets soos twee keer by die oorledene gaan kuier."

"Ek weet nie."

"Is dit nie vreemd dat 'n kind so min na sy ouerhuis terug-keer nie?"

"Ek glo nie dis vreemd nie. Daar is tog gevalle waar kinders hulle ouers min sien, dalk as gevolg van werkverpligtinge."

"Of dalk, meneer De Witt, omdat die betrokke kind nie in die ouer se geselskap wil wees nie." Joubert draai na die land-dros. "Ek het geen verdere vrae nie."

"Kry jy nog so gereeld nagmerries?"

Die winterson wat deur die venster val, laat dit lyk asof daar 'n stralekrans bo dokter Du Plessis se rooierige kop hang.

"Nee, nie meer so gereeld nie," lieg ek sonder om 'n oog te knip. "Ek dink dat my kop eindelik besef het dat hy weg is. Dat hy dit nooit weer kan doen nie."

Ek het hom nie oortuig nie, ek kan dit sien aan die vertwyfe-ling op sy gesig.

"Anna, dink jy nie dis tyd dat jy medikasie oorweeg nie?"

"Nee."

Ek is te bang ek word nie uit die nagmerrie wakker nie. Die drome sal mettertyd minder word, dit móét net. Ek wil nie vir die res van my lewe medikasie gebruik nie.

Ek kyk na die man wat ingesweer word. Die boepmaag, die bles. En voel iets soos haat in my binneste roer. Vir hierdie man van God.

Kyk vir my, wil ek hom, kýk vir my, jou bliksem. Hy hou egter sy blik op die landdros.

Vicky Gouws bevestig sy naam en adres. Terwyl ek wens dat

ek iewers anders kan wees. Ek wil nie hierdie man sien nie. Ek wil nie hoor wat hy gaan sê nie.

"Dominee Theron, hoe lank is u al in die bediening?"

"Al amper veertig jaar."

"En u is nou afgetree?"

"Ek is."

"En steeds woonagtig te Knysna?"

"Dis reg."

"Hoe ken u die oorledene?"

"Hy was 'n lid van my gemeente en ook 'n diaken, later 'n ouderling. Ons het goeie vriende geword."

"En die beskuldigde? Ken u haar?"

"Nee, nie regtig nie."

"Sy was tog ook in u gemeente? Sondagskool?"

"Dis waar, maar dis 'n groot gemeente, ek kan onmoontlik almal ken. En sy was nie in my katkisasieklas nie."

"Tog het die beskuldigde na u gekom met die aantyging dat sy deur die oorledene gemolesteer word?"

"Sy het."

"Het u haar geglo?"

Hy vee met sy een vet hand oor sy blink bles. "Nee, ek moet erken ek het nie."

"Nie? Hoekom dan nie?"

"In my beroep moet jy goeie mensekennis hê, 'n goeie waarnemer wees. Sy kon my nie in die oë kyk nie, asof sy iets wegsteek. Ek het die gevoel gekry dat sy nie opreg was nie. Ek het nie vir 'n oomblik haar aantygings geglo nie, daarvoor het ek meneer Du Toit te goed geken. Hy was opreg bekommerd oor haar. Hy wou 'n vader vir haar wees en sy wou hom nooit toelaat nie. Sy het teen hom baklei vandat hy in haar moeder se lewe gekom het. Hy het gereeld by bidure vir haar gebid, hy het my gereeld kom sien om raad oor haar te vra. Sy was 'n moeilike kind. Hy het sy bes gedoen om tot haar deur te dring, maar hy kon nooit."

"Dankie, dominee. Geen verdere vrae nie."

En hier sit ek, en ek moet my bes doen om nie op te spring en beledigings na hom te gooi nie. Die man van God wat ek geglo het my sou help. Wat aan die einde van ons gesprek aangebied het om vir my te bid sodat my sondes vergewe kan word. Wat opgekom het vir hóm. Dit steeds doen.

Kyk vir my, dominee! Maar hy kyk net voor hom.

Joubert begin sy ondervraging.

"Dominee Theron, u het getuig dat u die oorledene goed geken het. Het u ook vir mevrou Du Toit geken?"

"Ja, ek het haar net so goed geken as wat ek haar man geken het."

"Sou u haar as 'n eerlike mens beskou?"

"Hulle albei was eerlike, godvresende mense, ja."

"En u is trots daarop dat u oor goeie mensekennis beskik?"

Hy knik, sodat die lig sy bles nog meer laat blink. "In my beroep is dit noodsaaklik . . ." Hy laat die sin betekenisvol in die lug hang.

"Is u bewus daarvan dat mevrou Du Toit reeds getuig het?"

"Nie dat sy reeds getuig het nie. Maar ek het aangeneem sy sal 'n getuie wees."

"Dominee," Joubert vee asof ingedagte oor sy ken, "verduidelik dan asseblief aan die hof hoe dit moontlik kan wees dat mevrou Du Toit getuig het dat haar man erken het dat hy beide Anna en Carli seksueel gemolesteer het?"

Die ou man se mond gaan oop, maar daar kom niks uit nie. As dit nie so pateties was nie, sou dit snaaks kon wees.

"Dominee? Moet ek die vraag herhaal?"

Hy skud sy kop. "Sy moes 'n fout –"

"Sy het nie," val Joubert hom in die rede. "Daarvan kan ek u verseker." Hy kyk vir 'n oomblik af na sy notas. "Dominee, in die lig daarvan, dink u steeds dat u oor goeie mensekennis beskik?"

Sy gesig word rooi. "Ek sou nooit kon dink . . . kon gló dat Danie . . ." Hy beduie vaag met sy hande. "Sy kon my nie in die oë kyk nie, dit het gelyk asof sy iets wegsteek, sy . . ."

"Kan dit wees dat Anna u nie in die oë kon kyk nie omdat sy te skaam en verneder gevoel het oor dit wat meneer Du Toit aan haar gedoen het?"

Hy skud sy kop, beslis. "Ek kan dit nie glo nie."

"Beantwoord asseblief die vraag, dominee."

Hy sug. "Ja, dit moet seker die rede wees."

"Dominee, wat was meneer Du Toit se beroep?"

Hy kyk op, die meeste van sy selfversekerdheid terug. "Hy was departementshoof van 'n groot bou-onderneming."

"Het meneer Du Toit finansieel tot die kerk, tot ú gemeente bygedra?"

Hy skuif effens, kug. "Ja, hy het."

"Mildelik?"

"Ja."

"Met ander woorde, dominee, Mammon het daardie rondte gewen?"

Vicky Gouws spring op. "Beswaar, Edelagbare!"

Toe eers kyk hy na my.

Ek kyk waterpas terug. Payback is 'n bitch, dominee.

"Ek is kwaad, dokter, moerig kwaad! Van voor af!"

Praat, Anna, sê sy oë.

"Jare lank staan ek elke môre op, doen wat ek moet om deur

143

die dag te kom. Ek het geglo dat ek dit vergeet het. Nee, nie vergeet het nie, net hanteer het. Dat ek my lewe uitgesorteer het. Toe is daar 'n klop aan my deur en Carli staan voor my. En alles wat ek so sorgvuldig agter slot en grendel gehou het, tuimel uit die kas en kom in 'n verrottende hopie voor my lê."

Ek haal diep asem.

"Eers dán besef jy dat die pyn dalk minder word met die tyd, maar die vrees en die woede nie. Dan eers besef jy dat jy al jare lank vir jouself lieg. Dat alles nie begrawe is nie. Dan eers begin jy wonder: Sal dit ooit wees? Gaan die pyn ooit weg? Gaan die onthou ooit weg? Want steeds, so oud soos ek is, lê ek op die vloer en aantrek, wriemelend soos een of ander bisarre animasiekarakter. Kan ek nie normaal in 'n huis funksioneer as die gordyne nie almal toegetrek is nie. Kan ek nie slaap as daar nie iewers 'n lig brand nie."

13

Ek maak die deur vir Joubert oop. Kan nie help om te staar nie. Hy het jeans en 'n warm top met 'n kappie aan. Hy lyk anders, aantrekliker.

Ek laat toe dat hy verby my skuur, sluit die veiligheidshek en deur, stap agter hom aan kombuis toe. Hy het vroeër gesê dat hy vanaand oorkom en dat hy aandete sal maak, sodat ons oor my getuienis kan praat.

Want môre getuig ek.

Ek bied aan om te help, maar hy wys na die tafel. "Sit jy. Ek maak pasta. Tussendeur kan ons oor môre praat. Wil jy wyn hê?"

Hy hou 'n bottel in die lug en ek knik ja.

"Gaan jy my afrig? Vir my sê wat ek wanneer moet sê? Wanneer ek moet huil?"

Hy kyk onbegrypend na my.

"In die films word die getuies gewoonlik afgerig."

"Jy kyk te veel flieks," hy gee die glas vir my aan, "en ons is nie in 'n Amerikaanse film nie."

"Dis waar," antwoord ek. "As ons was, was die hofsaak net 'n uur lank en ek onskuldig. Soms voel dit asof die saak te vinnig gaan, soms hopeloos te stadig. Dis al Augustus!"

Hy knik. "Sal ons begin?"

Ek sug. "Ons moet seker."

Hy draai om, begin winkelsakke uitpak. "Het jy ooit geskenke van hom ontvang?"

"Ja, gereeld."

"Het jy ooit vir geskenke gevra?"

"Nee, ek wou niks van hom hê nie."

"Was die geskenke 'n ruilooreenkoms?"

"Hoe bedoel jy?"

"Jy weet, hy gee vir jou geld of 'n geskenk in ruil vir seks?"

"Nee, wie sal so iets doen? Hoe bargain jy in elk geval met 'n monster?"

"Hoekom het jy selfmoord probeer pleeg?"

"Ek het nie selfmoord probeer pleeg omdat ek wou doodgaan nie, Joubert, ek wou net hê die pyn moet stop."

"Hoekom het jy nie vriende nie?"

"Wie sê ek het nie vriende nie?"

"Behalwe Magda, wat vir jou werk, kry ek niemand anders om vir jou te kom getuig nie."

"Vroue is anders as mans, ons vriendinne word soos susters. Voor jy jou kan keer, ryg jy derms voor hulle uit. En my ondervinding van vriendinne is dat hulle niks vir hulleself kan hou nie, dit word altyd oorgedra aan 'n ander vriendin, of 'n man."

Hy knik, hou hom besig met die kastrolle op die stoof.

"Joubert," vra ek eindelik die vraag wat my pla, "hoe gaan ek al die grusame detail met al daardie wildvreemde mense in die hof deel? Jy weet, die molestering, die aanranding, selfs die verkragting . . ."

"Die hof moet hoor wat met jou gebeur het. En daar is niemand beter as jyself om jou storie te vertel nie. Moenie jou bekommer oor al die mense nie. Ons kan die makker vrae in die hof vra. Ek sal landdros Motsepe vra dat die res in camera gedoen word. Dan word die ander mense verdaag en sal net hy, ons twee, die aanklaer en die hofordonnans teenwoordig wees."

146

"Ek sal bly wees as ons dit so kan doen. Sal Vicky Gouws dit nie teenstaan nie?"

"Nee, sy sal nie, dit sal haar onmenslik laat voorkom."

Hy hou op roer in die pot voor hom, kyk stip na my. "En nou wil ek hê dat jy in alle eerlikheid vir my moet sê of ek môre 'n uitbarsting van jou in die hof kan verwag. Want jy moet besef dat Vicky alles in haar vermoë gaan doen, móét doen, om te bewys dat jy lieg, of dinge erger maak as wat dit was. Dat jy bloot koelbloedig moord gepleeg het."

"Ek weet nie, Joubert . . . en dis die waarheid. Soos ek nou voel, is die kanse goed vir 'n uitbarsting." Ek hoor hoe my stem styg. "Want ek is gatvol. Vir die vrae. Vir die mense wat die hofsaal vol sit asof hulle na 'n sepie kyk. Ek is moeg vir alles. Soos ek nou voel, moet alles net tot 'n einde kom. Ek is so gatvol hiervoor!"

Hy draai na die stoof, skakel die plate af. "Kom," sê hy en hou sy hand na my uit.

Ek weifel, maar neem dit tog. "Waarheen?"

"Jy sal sien."

Ek stap gedwee saam met hom na sy motor. "Ek wil nie weer gaan boks nie, nie ná 'n glas wyn nie."

"Ons gaan nie boks nie."

"Waarheen ry ons dan?"

Hy weier om te sê.

Toe ons deur die hek ry wat na Naval Hill lei, ruk ek om na hom. "Waarheen vat jy my?"

Stilte.

"Ek wil nie op 'n heuwel gaan sit en vir die stad se liggies kyk nie! Ek wil gaan slaap. Vat my huis toe."

Sy gesig is onleesbaar.

"Asseblief?" vra ek terwyl ek voel hoe my hart begin hamer. My handpalms word nat van die spanning.

Hy trek die kar langs die pad af. "Klim uit."

"Ekskuus?"

"Klim uit. Hier kan niemand jou hoor nie. Skreeu hier. Raak ontslae van al jou opgekropte woede en frustrasie. Ek sal in die motor sit en wag tot jy klaar is. Kyk, ek het my iPod saamgebring, ek sal musiek luister, ek sal nie vir jou kyk nie. As jy klaar is, kom terug. Maar jy doen dit hiér. Raak hier ontslae van jou frustrasies, nie môre in die hof nie."

Eers is ek te verslae om te beweeg, voel ek te skuldig om te beweeg. Gaan ek vir die res van my lewe ander se bedoelings bevraagteken? Gaan ek altyd oor my skouer loer? Want vir een sotlike oomblik het ek geglo dat Joubert van Heerden my hierheen gebring het om . . .

Hoe kón ek dit dink? Hoekom dink ek altyd aan seks in sy vieslikste vorm?

Ek klim vinnig uit, draai terug na hom. "Moenie die ligte afskakel nie, ek hou nie van die donker nie."

"Ek weet."

Ek stap tot op die rand van die afgrond, met die motor se ligte wat tot by my voete reik. Ek staan en laat my blik oor Bloemfontein se liggies dwaal. Dis belaglik, dink ek, emosies is nie iets wat jy kan aan- en afskakel nie. Ek is nie lus vir hierdie gekkigheid nie. Ek wil gaan slaap!

Tog is daar iets wat my verhoed om terug te draai. Teen my wil bly ek staan.

Sý beeld flits voor my oë verby, en dan is dit asof alles in my losbreek. Oopbreek. Soos 'n damwal wat eindelik meegee voor die aanslag van te veel water. Ek skreeu. 'n Paar voëls vlieg vervaard uit die bome op, net om 'n entjie verder weer te gaan sit.

Ek trek my longe vol en skreeu weer. En weer, en weer. Dié keer vlieg die voëls weg.

Met my hande in vuiste langs my sye gebal, skreeu ek harder. Voel hoe die trane kom. Magtelose, woedende trane. Sak op my hurke neer, tot ek op my knieë in die Vrystaatse stof staan. Grawe hande vol sand en gruis bymekaar, gooi dit so hard en so ver as ek kan. Kerm my ellende uit. Kraam aaklige braakge-luide in die ysige koue uit. Uit. Uit.

Tot daar later niks meer oorbly nie. Tot daar net 'n leë gat sit waar die emosies was.

Eers toe ek die koue tot in my murg kan voel, staan ek op. Draai om en loop terug motor toe. Waar Joubert sy bes doen om nie te wys dat hy my gehoor het nie. Sy blik is strak voor hom gerig, sy mond 'n reguit streep.

Ek wil 'n grappie maak om die spanning te breek, ek wil sê: Vat so, emosie! Omdat dit is wat ek altyd doen. Maak grappe sodat ander mense nie die pyn moet raaksien nie.

Nee. Dis nie nodig om altyd die nar te speel nie. Die lewe is nie 'n grap nie.

Ek is skielik vuisvoos. Die lewe het my vuisvoos geslaan.

14

"Die verdediging roep Anna Bruwer."

Ek hou my hand op vir die eed.

"Sweer jy om die waarheid te praat, niks anders as die waarheid nie, so help jou God?"

"Ek sweer."

Ek dwing myself tot kalmte, om nie te onthou dat Joubert my gisteraand dopgehou het toe ek 'n emosionele wrak was nie.

"Anna, het jy Danie du Toit geskiet?"

"Ja."

"Toe ek en jy ons eerste konsultasie in Februarie gehad het, het ek 'n voorstel gemaak. Kan jy onthou wat dit was?"

Ek knik. "Dat ek van my swygreg gebruik moet maak."

"Dis reg. Maar jy het geweier. Hoekom?"

"Ek het Danie du Toit geskiet. Ek kan dit nie ontken nie, ek wil ook nie," antwoord ek terwyl ek my oë op die landdros hou, soos Joubert my aangesê het om te doen. Want al is dit Joubert of Vicky wat die vrae vra, is dit die landdros wat ek moet antwoord.

"Het jy Bloemfontein toe gery met die uitsluitlike doel om hom dood te skiet?"

"Ek het. Maar toe ek voor hom staan, kon ek dit nie doen nie." Ek voel hoe my hande bewe, strengel hulle ineen.

"Tog het jy uiteindelik die sneller getrek en sy dood veroorsaak."

"Ja."

"Hoekom?"

Moenie dink nie. Moenie dínk nie. Luister net na die vrae en beantwoord dit. Moenie prentjies van hom in jou kop maak nie.

"Omdat hy gesê het dat ek en Carli dit geniet het. Dat ek dit net soveel wou hê as wat hy dit wou hê. Hy't gesê dat ek reg was daarvoor elke keer wanneer hy aan my geraak het."

Joubert bly 'n paar oomblikke stil, asof hy wil hê dat die woorde eers moet insink.

"En toe skiet jy hom?"

"Ja. Toe skiet ek hom."

"Carli is jou sussie? En sy het selfmoord gepleeg?"

"Ja, as gevolg van hom. Ek wou hom keer, ek wou sorg dat hy dit nie weer kon doen nie."

"Wat kon doen nie?"

"Sodat hy homself nooit weer op enige persoon, kind of volwassene, kon afdwing nie."

"Bedoel jy seksueel?"

"Ja."

"Het hy homself op jou ook afgedwing?"

"Ja."

"Anna, hoe oud was jy toe die seksuele molestering begin het?"

"Ek was agt."

"Edelagbare, op hierdie punt vra die verdediging dat die detail van die molestering in camera moet geskied."

Landdros Motsepe kyk na Vicky Gouws. "Enige beswaar van die staat?"

Sy skud haar kop. "Nee, Edelagbare."

"Dan sal ek dit toelaat."

Windhond steek 'n sigaret op, trek die rook diep in. 'n Simpel, ongesonde gewoonte, hy weet. As Marie moet uitvind dat hy ná vyf jaar weer begin rook het, kry sy 'n oorval.

Net hierdie een pakkie, belowe hy homself. Net tot hierdie saak tot 'n einde gekom het. Of tot baba Draghoender se moordenaar veilig agter tralies sit. Dan sal hy ophou. Wéér.

Net toe lui sy selfoon. "Webber."

"Ek het hom, Sup, ek het vir Daniels."

Boytjie. "Waar?" Hy luister aandagtig. "Ek's op pad. Bly weg daar, Boytjie."

"Of course, Sup."

Hy klim in sy motor, trek met skreeuende bande weg.

Bel dit in, Webber, dis prosedure.

Hy haal sy selfoon uit sy sak, kom sover om Jantjies se nommer te soek. Druk dan die selfoon dood en sit dit terug in sy sak.

Draai links by die volgende straat, dan regs en weer regs. Heeltemal uit sy pad. Soek op die sypaadjie na openbare telefoonhokkies. Eindelik kry hy 'n plek met vier hokkies en min oë. Stop.

Wat maak jy, Webber? Wat de fók maak jy?

Hy skakel die motor weer aan. Skakel af. Laat sy kop op die stuurwiel sak. Jy kan jou werk verloor, jy kan aangekla word, jy kan . . .

Hy klim uit die motor. Die telefoon in die derde hokkie werk. Hy haal sy notaboek uit sy sak, kry die nommer wat hy soek en skakel.

Hy is verbaas dat sy stem so kalm is toe hy op die groet antwoord. Hy vermom sy stem so goed hy kan, plaas die telefoon sag terug op die mikkie. Stap met lang treë na sy motor.

Op die volgende hoek trek hy by 'n oop parkeerplek in en

skakel die enjin af. Sit voor hom en uitstaar. Wat het hy gedoen? Sal hy betyds wees om te keer? Wíl hy?

Joubert hou 'n boks van die kolonel se hoender op toe ek die deur oopmaak. "Om te vergoed vir gisteraand."

"En die slaapsak?"

"Ek het laas koud gekry op daardie bank van jou."

"So, jy wil hier slaap?"

"Ek en jy, liewe Anna, gaan vanaand drink asof ons net 'n paar dae op die aarde oorhet. En omdat ek 'n wetsgehoorsame burger is, kan ek nie in daardie toestand terugry nie."

"Klink na 'n plan." Ek sluit die hek vir hom oop.

Ons sit en eet op die mat voor die verwarmer, ons rûe teen die bank gestut, die slaapsak oor ons bene getrek. Toe daar net die leë boks oorbly, toe die laaste bottel wyn leeg is, toe eers het ek genoeg moed.

Ek leun vorentoe, kyk hom vas in die oë. "Jy't gesê ons moet maak asof dit ons laaste paar dae op aarde is. Ek wil seks hê. Ek het te lank selibaat gelewe. En vir wat? Om myself te straf vir wat hy aan my gedoen het?"

Hy kyk terug, sy donker oë nog donkerder as gewoonlik.

"Anna . . . Moenie dit doen nie. Nie aan my nie. Nie aan jouself nie."

"Kan ons net vir hierdie een aand vergeet dat ek Anna Bruwer is, gemolesteerde moordbeskuldigde? Dat jy my prokureur is? Kan ons nie net vir vanaand bloot 'n man en 'n vrou wees nie? Asseblief, Joubert."

Hy skud sy kop. "Ons is nie so nie, Anna. Ek besef dat jy nie alleen wil wees ná vandag nie. Ek sal hier slaap," hy beduie na sy slaapsak, die bank, "maar ek gaan nie aan jou raak nie."

"Maar ek wíl aan geraak wees."

"Jy wil nie, glo my."

Windhond kyk vir die soveelste keer op sy horlosie. Hy wou so graag vandag in die hof wees. Hy wou hoor wat Vicky vir Anna Bruwer gaan vra.

Hy was nog altyd in dieselfde hoek as Vicky. Tot nou toe. Nou voel dit vir hom of hy saam met Joubert hoort.

Maar in plaas daarvan dat hy in die hof is, is hy en Jantjies op pad na die huis waar die baba verkrag is. Omdat die gemeenskap die reg in eie hande geneem het.

Daniels is dood, dit weet hulle, en uit vorige ondervinding weet Windhond dit gaan nie mooi wees nie. Niks aan 'n moord, aan enige dood, is mooi nie, toegegee, maar dis nie die eerste keer dat hy na so iets uitgeroep word nie. Die skuldiges word moeilik aangekeer, omdat daar nie regtig bewyse is wat op een of twee mense dui nie. Baie ooggetuies, ja, en meestal verskil hulle weergawes. Die skuldiges is gewoonlik soos 'n trop honger wolwe wat op 'n prooi toesak. En die misdaadtoneel word so vertrap dat jy nie regtig kop of stert daarvan kan uitmaak nie.

Daar gaan bloed wees, daar gaan bloed wees, sê hy solank sy mantra vir homself op. Met Jantjies by hom gaan daar nie tyd wees om dit met hulle aankoms te doen nie.

Reeds van ver af kan hy die opgewonde skare sien. Met die uitklim ruik hy die adrenalien wat soos 'n wolk om hulle hang. Die meeste van die omstanders het bloedspatsels aan hul persoon, maar dit beteken nie dat hulle deel was van die bloedbad nie. Bloot dat hulle te naby kon gestaan het.

Hulle beur vir hulle 'n pad oop na waar die liggaam lê. Op sy maag, sy klere deurdrenk van bloed. Forensies en patologie is reeds op die toneel. Nadat die dokter sy aanvanklike ondersoek gedoen het, draai hulle die liggaam om.

Hulle het hom behoorlik bygekom, merk Windhond op, daar het nie veel van sy gesig oorgebly nie. Kieries, as hy moet raai, en hier en daar ook 'n meswond. Hy loop 'n paar keer om die liggaam, kyk na die toneel, na die skare, voor hy aan patologie beduie dat hulle die liggaam mag verwyder.

"Wat dink Sup?" wil Jantjies weet.

"Ek dink ons gaan moeilik 'n skuldige uitwys."

"Ek dink . . ." Jantjies kyk na die skare om hulle, "dat ek nie 'n skuldige wíl uitwys nie."

Windhond knik stadig.

Dit hoort so, dink hy toe hulle van die toneel wegry. Daniels het gekry wat hy verdien het. Dis hoekom hy nie eens gegril het vir die bloed nie. Omdat dit so hóórt.

Hoekom dan het hy so 'n aardigheid op die krop van sy maag?

As kind gemolesteer, verkrag

Moordbeskuldigde sê waarom stiefpa sterf

'n Sakevrou van Knysna wat haar stiefpa in Februarie vanjaar doodgeskiet het, het gister in die streekhof getuig dat hy haar as kind herhaaldelik . . .

Ek stoot my koffiebeker weg, slaan die koerant toe. "Is dit nodig om so sensasioneel daaroor te skryf? En dit was maar die eerste dag van my getuienis!"

Daar is niemand om my te antwoord nie. Ek is alleen.

Of dalk nie, besef ek toe daar 'n klop aan die deur is. Dit kan net Joubert wees, en ek is nie lus vir geselskap nie. Nie eens Joubert s'n nie. Nie vandag nie.

Ek het die dag opsy gesit vir myself. Ek wil Waterfront toe gaan. Ek wil in die winkels rondloop en klere koop. Jeans en T-hemde en tekkies. Vir die somer wat op pad is. Ek wil in Musica rondloop, CD's koop. En DVD's om die lang, eensame aande mee om te kry. Ek wil by 'n restaurant gaan sit, vir die water kyk en eet.

Vandag wil ek net Anna Bruwer wees. Nie Anna Bruwer, moordbeskuldigde nie. Al weet ek dat ek in mense gaan vas-kyk wat na my staar, koppe wat gaan draai. Mense wat weet wie ek is, wat ek gedoen het. Vandag sal ek verby hulle kyk, vandag sit ek weer my getroue alles-is-reg-masker op. Gaan ek anoniem wees. Gaan ek die kyke ignoreer.

Vandag gaan ek net na myself kyk. Ek verdién dit. Want môre staan ek weer in die hof. In 'n óóp hof. Moet ek verdere vrae van Joubert beantwoord.

Die geklop hou aan tot ek oopmaak.

"Wat maak jy hier? En wie de hel maak die hek vir jou oop?" Wat is die nut van 'n sekuriteitshek as enige persoon kan in-kom? "Ek het mos gesê ek wil jou nie sien nie!"

"Ek wil net iets vir jou sê, dan sal ek gaan."

Ek wag.

"Die man wat jy geken het en die man wat ek geken het, was nie dieselfde man nie, Anna. Hy was . . ."

Ek slaan die deur in haar gesig toe.

"Anna, het jy ooit jou pa van die molestering vertel?"

Joubert se stem is sagter, sy oë meer simpatiek. Ek moet op my onderlip byt om die trane te keer.

"Nee."

"Hoekom nie?"

"Ek was te skaam, te bang. Ek het nie geweet hoe om hom te

vertel nie. Ek het nie geweet hoe hy sou reageer nie. Ek was bang dat my pa hom sou doodmaak en dat hy dan in die tronk sou beland. Toe ek eindelik besluit het om hom tog te vertel, is hy dood voor ek dit kon doen."

"Het Danie du Toit ooit gedreig dat hy jou of jou ma of jou sussie leed sou aandoen as jy sou praat?"

"Hy het gedreig dat hy dieselfde aan Carli sou doen. En dat hy ons uit sy huis sou gooi. Hy het gesê dat ons op straat sou sit. Ek was bang daarvoor, maar nou weet ek dat ek moes gepraat het. Op straat sou beter wees as om elke dag van jou lewe bang te wees."

"Tog het jy later jou ma vertel?"

"Ek het. En toe ek hom uiteindelik met Carli vang, het ek geweet ek móés praat."

"Hoe het jou ma gereageer?"

"Sy het my uit die huis gejaag."

"Waarheen het jy gegaan?"

"Na oom Retief en tannie Miriam Roodt."

"Hoekom na hulle?"

"Ek het vroeër 'n verhouding met hul seun, Marnus, gehad. Dis al mense aan wie ek kon dink."

"Het jy en Marnus Roodt steeds 'n verhouding?"

"Nee, hy is intussen getroud."

"Op daardie stadium was jy swanger?"

Ek knik. "Ja."

"Het jy die Roodts van die molestering en verkragting vertel?"

"Ja, ek het."

"Wat het meneer Roodt, wat 'n prokureur is, aanbeveel dat jy doen?"

"Hy het aanbeveel dat ek polisie toe gaan en 'n klag lê."

157

"Het jy dit gedoen?"

"Ja, ek het."

"Wat het toe gebeur?"

"Die PG het besluit om nie te vervolg nie. Hulle het blykbaar maatskaplike werkers na die huis gestuur en het niks sinister daar gevind nie."

"Hoe het dit jou laat voel?"

"Asof niemand my ooit gaan glo nie."

"En jou baba, wat het van die baba geword?"

"Ek het die kind laat aanneem."

"Het jy enige kontak met jou stiefpa of met jou ma gehad?"

"Ek het my ma probeer kontak, seker so twee keer, maar sy wou nooit met my praat nie."

"En met jou sussie?"

"Nee."

"Wanneer het jy haar weer gesien?"

"Die week voor ek hierheen gekom het, het sy aan my deur geklop."

"Vertel aan die hof wat gebeur het."

"Sy het gesê dat sy deur hom verkrag word. Dat sy swanger is. Ek het my stiefbroer gebel, en toe ek terugkom van my ontmoeting met hom, het ek haar gekry. Sy het haarself in my badkamer opgehang."

"En net daarna het jy deurnag gery om Danie du Toit te kom skiet?"

"'n Week later, ja."

"Anna, het jy die moord beplan?"

"Ek wou hom keer dat hy dit nooit weer kon doen nie. Ek wou hom net keer." Ek sluk hard teen die trane wat dreig.

"Hoe het die molestering en verkragting jou lewe beïnvloed?"

Die deernis in Joubert se stem maak dat ek eers oor my gesig moet vee om my emosies onder beheer te kry.

"Soms wonder ek self. Want ek ken nie 'n ander lewe nie. Dít is my lewe, en hý het dit aan my gedoen. Ek is dertig jaar oud en ongetroud. Ek is nie in 'n verhouding nie. My laaste verhouding was met Marnus toe ons nog op skool was. Elke keer as 'n man net na my kyk, dink ek aan hóm. Aan wat hy aan my gedoen het. Elke keer as ek aan seks dink, dink ek aan hoe vernederend sy tipe seks was, hoe vuil ek gevoel het."

Ek laat sak my kop, sluk weer teen die trane voor ek opkyk. "Ek is dertig en kinderloos. Ek is dertig en alleen. En ek het geen vooruitsig op 'n normale, getroude lewe met 2.5 kinders en 'n hond en 'n kat nie, want ek wéét dat hy altyd tussen my en 'n man sal wees. Ek wéét dat hy elke keer saam met ons in die bed gaan klim."

Joubert bly 'n oomblik stil voor hy sy ondervraging hervat.

"Met ander woorde, jou stiefpa het jou van mans vervreem?"

"Nie net van mans nie. Hy het my lewe, my normále lewe gesteel, my liggaam, my geloof, my ma, my sussie. Alles wat ooit vir my belangrik was, is deur hom uit my lewe geruk. Ek is 'n ander mens as die een wat ek moes wees. As gevolg van hom."

"En daarvoor het jy hom nog nie vergewe nie?"

"Nee, ek het nie. Ek glo nie ek sal ooit kan nie."

"Geen verdere vrae nie, Edelagbare."

Die aand vat Joubert my na Martin se gym toe.

Ek verbaas myself met die verbetenheid waarmee ek die houe op die slaansak laat reën. Tot my arms pyn. Ek skop totdat dit voel asof ek nooit weer gevoel in my bene gaan hê nie. Tot ek swetend en hygend toelaat dat Joubert my huis toe neem.

15

"Juffrou Bruwer," glimlag Vicky Gouws, "ek het nie baie vrae nie, so jy hoef glad nie op jou senuwees te wees nie."

Ek glimlag terug. Nie omdat ek wil nie, maar omdat ek voel dis soort van my plig.

"U glo dat die oorledene die vader van u kind is?"

"Ja."

"Glo u dat DNS-toetse onfeilbaar is?"

Ek haal my skouers op. "Ek is nie 'n kenner nie, maar ek neem so aan."

"Hoekom het u nie destyds toe die PG geweier het om die saak verder te neem DNS-toetse op die kind laat doen nie? Dit sou tog bo redelike twyfel kon bevestig dat die oorledene die vader is, wat weer sou bevestig dat u geslagsgemeenskap gehad het?"

"Ek moes nege maande lank 'n kind dra wat ek nie wou hê nie omdat ek seker was dat dit sy kind is. Ek wou net hê dat alles verby moes wees. Dat die kind vir aanneming gegee word, dat ek met my lewe kon aangaan."

"U sê dat u kinderloos is as gevolg van die beweerde molestering en verkragting, maar tog het u 'n kind gehad?"

"Net omdat ek geboorte aan 'n kind gegee het, beteken nie ek is 'n ma nie. En dit maak nie die kind mý kind nie. Ek het haar nie eens gesien tydens of ná die geboorte nie. Sy is dadelik vir haar ouers gegee."

"Het u nooit 'n aborsie oorweeg nie?"

Ek skud my kop. "Aborsies was teen die wet."

Sy glimlag. "Moord is steeds, juffrou Bruwer. En tog het u geen gewetensbeswaar gehad om dié daad te pleeg nie."

Joubert staan op. "Beswaar, Edelagbare!"

"Juffrou Gouws," sê landdros Motsepe terwyl hy oor sy bril na haar kyk.

"Dit is so dat aborsies onwettig was," gaan Vicky voort, "maar dis ook waar dat daar altyd iemand is wat iemand ken. Sou u met so 'n kontak tog 'n aborsie oorweeg het?"

"Nee."

"Hoekom nie? U was dan oortuig daarvan dat dit meneer Du Toit se kind is."

"Hy het mý kindwees gesteel. Ek sou nie medepligtig wou wees aan nog 'n onskuldige lewe wat deur sy toedoen verwoes word nie."

Sy knik asof sy verstaan wat ek bedoel.

"Anna, jy het getuig dat seks vir jou vuil voel, maar volgens jou eie getuienis het jy tog promisku gelewe. Hoe verduidelik jy dit?"

"Ek weet nie of ek dit regtig kan verduidelik nie."

"Probeer," glimlag sy weer.

Ek sit vir 'n rukkie in stilte. "Sy soort seks is vuil. Dit is sonde. En my destydse promiskue leefstyl was as gevolg daarvan. Ek het van die standpunt uitgegaan dat as ek nie kan wen nie, kan ek net sowel deelneem. Maar ek was verkeerd, want selfs met ander het seks vuil en sondig gevoel. Ek het myself 'n bereidwillige deelnemer gemaak, maar later het ek besef dat ek van myself 'n slagoffer gemaak het."

"En daarvoor moes meneer Du Toit met sy léwe boet? Het dit nooit by u opgekom dat hy vir rehabilitasie kon gaan nie?"

Ek skud my kop. "Hy sou nie verander het nie."

"U klink baie seker van u saak?"

"Ek is. Toe ek nie meer beskikbaar was nie, het hy hom tot my sussie gewend. Tot sy eie dogter. Klink dit vir u na iemand wat rehabiliteerbaar is?"

"Geen verdere vrae nie, Edelagbare." Sy sê dit vinnig terwyl sy gaan sit.

Dokter Du Plessis sit gemaklik terug in sy stoel, sy hande voor hom gevou.

"Anna, niemand verwag dat jy dit moet vergeet nie. Want of jy daarvan hou of nie, dit is deel van jou. Deur te vergeet, vergeet jy 'n groot deel van jou menswees. Dis die een ding wat jou definieer."

"Ek moenie vergeet nie, maar ek moet vergewe?" wil ek ongelowig weet.

"Vergiffenis is nie iets wat jy vir iemand anders doen nie. Jy doen dit vir jouself. Deur hom te vergewe, word jy 'n sterker, beter mens."

Ek is moeg gepraat oor vergiffenis, dan eerder oor godsdiens.

"Aan die begin het ek myself gereeld afgevra: Hoekom juis ek? Hoekom moet dit met my gebeur? Ek weet ek is nie spesiaal nie, maar vir God moet ek tog spesiaal wees? En waar was Hy toe my stiefpa dit aan my en Carli gedoen het? Was die alomteenwoordige God saam met ons in daardie kamer? Het Hy net sy oë toegeknyp? Sy ore vir my en Carli se smekinge gesluit? Weet jy hoeveel keer ek tot Hom geroep het? Selfs wanneer hy met my besig was, het ek woordeloos tot God gebid, dat Hy hom sal laat doodgaan. Maar van God het ek geen hulp ontvang nie, geen antwoord op my smeekgebede gekry nie."

"So, jy glo nie meer in God nie?"

"Ek weet daar is 'n God. Maar ek weet ook dat Hy selektief na sy kinders kyk. Ek was nie vir Hom spesiaal genoeg nie."

Die deur gaan krakerig oop. Vir 'n oomblik is sy silhoeët afgeëts in die opening. Dan kom hy nader.

Sien ek hom.

Hoor ek hom.

Ruik ek hom.

En ek kan nie beweeg nie. Asof iemand my met onsigbare toue vasgebind het. My mond toegeplak het.

Stom.

Hy buk oor my, so naby dat ek die wit van sy oë kan sien. Sy hande wat na my reik. Dan eers kom die bloed.

Dis my eie gille wat my laat wakker ruk, wat in my ore weerklink.

Sondag. Die eensaamste dag van die week. Waarmee gaan ek my vandag besig hou? 'n DVD? Moet ek dalk iets bak? Beskuit?

Dis Sóndag.

Ek staan op, stort en trek een van my twee hofpakkies aan. Ek weet wat ek vandag wil doen.

Ek ken Bloemfontein nie. Ek weet nie waar die naaste kerk is nie. Behalwe die Universiteitskerk, onthou ek dan, wat ook nie regtig na 'n tradisionele kerk lyk nie. Geen falliese kerk-toring nie, net 'n vierkantige gebou.

Ek is hopeloos laat, besef ek toe ek die groot, stampvol kerk instap en heel agter 'n plekkie kry. En totaal verkeerd aange-trek. Almal om my is gemaklik in jeans. En dalk, dink ek toe ek opkyk na die jong predikant, is ek ook die oudste hier.

Ek kry 'n knop in my keel toe ons van die bekende liedere uit my kinderdae sing. Luister kop onderstebo na die Tien Gebooie. *Jy mag nie moord pleeg nie.* Daar staan dit. Swart op wit in God se eie handskrif. Jy mag nie moord pleeg nie. Wanneer het ek die pad so byster geraak? Met Carli se dood?

Of het dit alles veel vroeër begin? Toe hy die eerste keer aan my geraak het? Was dít die oomblik toe my lewenspaadjie 'n ander koers ingeslaan het?

Met my kop gebuig luister ek na die boodskap van vergiffenis, van versoening. Laat die woorde oor my spoel. *Vergewe jou broer sewentig maal sewe keer.*

Lig my kop tog 'n fraksie toe die jong dominee sê dat ons moet ophou om God as 'n God van wraak te sien. Dat Hy nie vir ons wag om iets verkeerd te doen sodat Hy ons kan straf nie. Dat ons soms nie kan verstaan hoekom Hy gruwelikhede toelaat nie, dat niemand op hierdie aarde dit aan ons kan verduidelik nie. Maar, en hy bly 'n oomblik stil, laat sy blik oor die gemeente dwaal, máár, beklemtoon hy, ons moet vir God vra om ons deur daardie gruwelikhede by te staan. Hy kan. Hy wíl.

Toe die dominee die geloofsbelydenis voorlees, is die knop terug in my keel. En dit word erger toe die melancholiese klanke van die orrel tydens die kollekte opklink. Ek sluk hard, knip my oë vinnig.

Ná die laaste gesang bly ons staan sodat hy die seën oor ons kan uitspreek. En ek wil laer sak, laer tot ek op die grond lê, omdat ek nie God se seën waardig is nie. Omdat ek bang is die dominee se seënende hande mis my.

Ek kom eers agter dat ek huil toe die meisie langs my vir my 'n sneesdoekie aangee.

Windhond slaan die motordeur onnodig hard toe, glimlag verskonend toe hy Marie se vraende blik sien. Hy konsentreer daarop om stadig uit die kerkterrein weg te trek. Terwyl alles in hom skreeu om sy voet harder op die pedaal neer te sit.

Hy het geweet dat hy Johanna du Toit al voorheen iewers

gesien het. Nou weet hy waar. Toe sy die kerktrappies voor hom afstap, toe onthou hy haar. Toe onthou hy hóm. By die kerk, by basaars. In 'n swart pak. In die ouderlingsbank. Nou eers weet hy presies hoe Danie du Toit gelyk het voor hy hom onherkenbaar met sy gesig in 'n plas bloed sien lê het.

Windhond voel radelose woede in hom opstoot. Fok! Wat sê dit van sy sogenaamde goeie instink? 'n Pedofiel, hier in sy voorstad, in sy kérk!

Ek is nie verbaas om haar in die begraafplaas aan te tref nie. Inteendeel, ek het gehoop om haar hier te sien. Hier waar hopelik geen oë is om óns te sien nie.

Sy sit tussen die twee grafte, haar rug na die hoop grond. Kyk behoedsaam op na my. Iets aan my gesig moes verklaar het dat ek nie hier is om te baklei nie, want sy glimlag huiwerig.

Sy hekel, sien ek. Sy sit tussen die grafte van haar man en haar kind en hekel. Asof dit die normaalste ding op aarde is om te doen.

Toe sy beduie dat ek langs haar op die kombers moet kom sit, skud ek net my kop. Ek gaan sit oorkant haar, aan die ander kant van Carli se graf.

"Ek is bly jy is hier, Anna."

Ek knik.

Ons sit lank so stil in die Vrystaatse koue. September. Die lente is amptelik hier, tog bly dit koud. Die enigste geluid is die wind wat deur die bome fluit, dit dra by tot die totale verlatenheid van die plek.

Sy hou aan hekel, kyk nou en dan op na my. Ek sit net. En dink. Aan hoe dinge anders kon gewees het as ek net gepraat het. Daardie eerste keer toe hy sy hand by my broekie ingedruk het. As ek my pa vertel het. As ek weggeloop het. As, as, as.

"Is daar nog 'n hekelpen?"

Sy knik, grawe in die mandjie langs haar en gee dit vir my aan.

"Sal jy my leer?"

En hierdie vrou wat my ma is, en terselfdertyd 'n totale vreemdeling, staan op van haar kombers en kom sit langs my op die gras. Sy leer my hekel terwyl ons in stilte sit.

Windhond glimlag toe hy reg voor die hofgebou 'n parkeerplek kry. Hy glimlag weer toe hy uitklim en die skare mense sien. Meestal vroue, almal met plakkate wat hulle in die lug rondswaai. Die algemene konsensus, lyk dit, is dat Anna Bruwer onskuldig bevind moet word.

Hy skud sy kop terwyl hy tussen die betogers deur beur. Die mensdom sal ook nooit verander nie. Ná een of ander tragedie is almal reg om te baklei, wil almal hulle stem laat hoor. Waar was hierdie mense terwyl dit met Anna en Carli gebeur het? Toe het hulle verkies om veilig agter hulle deure te skuil, om te maak asof die wêreld 'n goeie plek is. Hoeveel mense is daar wat vermoed dat 'n kind gemolesteer word, verkrag word, mishandel word, maar wat kies om niks daaraan te doen nie, want hulle wil nie betrokke raak nie?

Dis nie 'n nuwe, moderne ding nie, dit gee hy toe. Dit kom al van die Bybel se tyd af, hierdie ding om jou oë toe te knyp en jou kop weg te draai. Want wat in ander se huise gebeur, is hulle saak.

Totdat iemand soos Anna Bruwer besluit genoeg is genoeg en 'n pistool oorhaal, iemand doodskiet, tot dán. Dan wil die hele wêreld hulle arms om haar slaan en haar verhef tot 'n soort heldin. Omdat sy opgestaan het teen haar verkragter. Omdat sy die moed gehad het om te doen waaroor ander net fan-

166

taseer. Maar hoeveel van hierdie mense sal haar in hulle huise verwelkom? Hoeveel sal haar in die tronk gaan besoek?

Die hofsaal is reeds vol en hy sukkel om 'n plek te kry. Staar lank na die leë beskuldigdebank waar Anna Bruwer netnou haar plek sal inneem. Omdat sy die reg in eie hande geneem het, word sy tot verantwoording geroep. Omdat die mense wat die reg het om haar te help nie kon nie. Of nie wou nie.

Iewers is iets nie regverdig nie.

Toe die landdros sy plek ingeneem het, sê Joubert van Heerden: "Die verdediging roep dokter Martiens Botha."

Anna sit kop onderstebo, merk Windhond.

"Dokter, wat is u beroep?" vra Joubert.

"Ek is 'n praktiserende psigiater."

"Hoe lank praktiseer u al?"

"Vir meer as vyf-en-twintig jaar."

"Was u al voorheen 'n getuie in 'n hofsaak?"

"In baie, ja."

Joubert draai na die landdros. "Edelagbare, die staat tender dokter Martiens Botha as 'n deskundige getuie in die sielkunde. Die verdediging verwys vervolgens na die verslag wat deur die getuie voorberei is."

Landdros Motsepe knik, beduie Joubert moet voortgaan.

"Dokter, u het die beskuldigde ondersoek?"

"Ek het."

"Het u die beweerde molestering toe die beskuldigde 'n kind was, bespreek?"

"Ons het."

"En wat is u opinie? Is sy as kind gemolesteer en verkrag deur die oorledene?"

"Daar bestaan by my geen twyfel daaroor nie."

"Hoe kan u so seker wees dat sy die gebeure nie fabriseer

nie? Die staat se deskundige, dokter Coetser, het getuig dat sy nie volkome oortuig is daarvan nie."

"Met apologie aan dokter Coetser, sy is nog jonk en onervare, dis maklik om 'n fout te maak. Want daar is natuurlik pasiënte met 'n onderdrukte bewussyn van molestering, gevalle waar hulle dit selfs wetend onderdruk. In sulke gevalle, veral waar daar in terapie gesuggereer word dat molestering plaasgevind het, is dit moontlik dat die pasiënt dit kan fabriseer. Wanneer dit so diep onderdruk word, is dit soms moontlik dat die pasiënt die waarheid met fiksie verwar. In Anna se geval is dit nie onderdruk nie, wás dit nooit onderdruk nie. Sy lewe al jare lank met die wete dat sy as kind gemolesteer en verkrag is."

"En dis die rede waarom sy moord gepleeg het?"

"Dis natuurlik 'n groot bydraende faktor. Maar ek glo dat die rede vir haar optrede nie was om wraak te neem oor wat hy aan haar gedoen het nie, maar oor wat hy aan haar suster gedoen het. Haar suster se selfmoord was die spreekwoordelike strooi wat die kameel se rug laat knak het. En dit het al die ou gevoelens, al die vernedering en seerkry en skuldgevoelens na bo gedwing."

"Skuldgevoelens?"

"Anna voel skuldig omdat sy nie haar suster kon red nie. Omdat sy Carli alleen gelos het by 'n man wat sy geweet het haar later sou verkrag. Sy het probeer om haar suster te red deur na die polisie te gaan, maar dit het ook gefaal."

"Maar, dokter, hoekom die man eers doodskiet nadat hy haar suster gemolesteer en verkrag het? Hoekom nie jare terug toe hy dit aan háár gedoen het nie?"

"Jy moet verstaan dat vroue dikwels die slagofferrol aanneem. In talle gevalle sal vroue eers uit 'n gewelddadige verhouding stap wanneer die kinders ook aangerand word. Hierdie is dieselfde scenario: Anna het gevoel hy moet gestraf word omdat hy dit ook aan haar suster gedoen het."

"Die staat wil die hof wysmaak dat pedofiele rehabiliteerbaar is. Wat is u professionele opinie daaromtrent?"

"Ek is geweldig skepties daaroor. Waar daar 'n intense begeerte by die betrokke pedofiel is, is dit seker moontlik, maar vanuit my professionele ervaring: nee, ek glo dit nie."

"Geen verdere vrae nie, Edelagbare."

Vicky Gouws skuif haar notas reg, kom orent.

"Dokter, u het getuig dat die beskuldigde geknak het. Is dit moontlik dat sy weer kan knak?"

Windhond kan nie anders as om te wonder hoe Vicky oor hierdie hofsaak voel nie. Sy is tog 'n vrou, en as sodanig meer beskermend wat kinders betref, of hoe? Of is dit ook 'n geval van sy doen maar net haar werk?

Asof ons 'n klomp robotte is, dink hy en vee sy klam palms aan sy broekspype af. Geprogrammeer om te doen, om nie te dink nie, in elk geval nie te diep te dink nie. Nie ons ware gevoelens te wys nie. Omdat ons skaam is daarvoor? Bang is daarvoor? Wat ook al die rede, ons lewe in 'n wêreld met reëls wat ons self gemaak het.

Windhond sug innerlik. Reëls waarvoor hy, moet hy erken, op die oomblik geen respek het nie. Om die waarheid te sê, hy is taamlik gatvol vir die reëls.

Dokter Botha glimlag effens. "As daar een ding is waarvan ek seker is, is dit dat enigiets moontlik is."

"Met ander woorde, as iemand Anna Bruwer oor twee jaar of vyf jaar op een of ander wyse te na sou kom, is daar 'n moontlikheid dat sy na haar pistool sal soek en met die persoon sal afreken?"

"Nee, nou is u onredelik. Sy het die persoon wat verantwoordelik was vir die molestering klaar gestraf."

"Maar, dokter, sy het self getuig dat sy hom vermoor het omdat hy ook haar sussie gemolesteer en verkrag het. Volgens u getuienis was dit die éintlike rede waarom sy die reg in eie hande geneem het. Sy het dus moord gepleeg vir iemand anders. Wat verhoed haar om argumentsonthalwe in die koerant te lees van dieselfde soort misdaad en dit weer te doen ter wille van iemand anders? Dis nie nodig dat u antwoord nie. Wat ek vervolgens wil weet: Het die beskuldigde enige berou getoon oor haar daad?"

"U moet verstaan, dis baie moeilik vir Anna om enige simpatie met die oorledene te hê. Maar ja, ek glo dat sy nie regtig wou hê dat hy moes sterf nie. Sy wou net verhoed dat hy dit ooit weer doen."

"Maar sy toon geen berou oor sy hom doodgeskiet het nie?"

Hy skud sy kop. "Nee."

"Geen verdere vrae nie."

Joubert staan vinnig op. "Dokter, beantwoord in elk geval die vraag wat juffrou Gouws gestel het."

"Ek herhaal wat ek vroeër gesê het: Anna het die man doodgeskiet wat haar en haar suster te na gekom het. Sy is nie 'n vigilante nie."

Toe die hof verdaag, stap Windhond dadelik na sy motor. Hy het ander sake wat opgelos moet word, hy hoort streng gesproke nie by hierdie hofsaak nie.

Maar hy kan nie help om te wonder nie: Is vigilantes nie juis die oplossing nie? Die samelewing se straf is gewoonlik erger as die regstelsel s'n, en vinniger. Sal daardie soort straf mense twee keer laat dink voor hulle roof, moor en verkrag? Want die regstelsel is feilbaar, dit kan deur uitgeslape – en hoogs betaalde – regsgeleerdes verdraai en gemanipuleer word.

Toe hy sy motordeur oopmaak, kyk hy om, net betyds om Anna kop omlaag deur die skare betogers te sien beur, 'n koerantfotograaf se lang lens amper teen haar gesig. 'n Paar treë agter haar stap Johanna du Toit, kop omhoog. As sy die betogers raaksien, of bewus is van die fotograaf, wys sy dit nie.

16

Betogers ondersteun Bruwer

Die streekhof in Bloemfontein was gister
'n miernes . . .

Ek draai die koerant om sodat die voorblad onder op die motor-
sitplek lê. Hoekom het ek in elk geval by 'n winkel gestop vir
die koerant? Ek is moeg daarvoor om in my eie gesig vas te kyk.
Om my eie storie te lees.

"Volle name?" vra Joubert.

"Daniël Jakobus du Toit."

Hy het ouer geword vandat ek hom laas gesien het. Maerder.
Gryser. Is dit ék wat hom grys gemaak het?

"Wat is u verwantskap met die oorledene?"

"Hy was my pa."

Hy is bleek en daar is kringe onder sy oë. Maar daar is iets
anders aan Danie wat pla. Ek kyk en kyk, maar kan nie agter-
kom wat dit is nie.

"Wanneer laas het u vir Anna gesien of met haar kontak ge-
had?"

"Die dag toe Carli dood is."

"En voor dit?"

"Ons het geen kontak gehad nie."

"Hoekom nie?"

"Ek het nie 'n rede gesien hoekom ek haar aan my pa moes
herinner nie."

Dan weet ek wat dit is: sy stilte. Die stilte van sy lyf. Hy be-
weeg nie. Sy hande is voor hom gevou, hulle lê bewegingloos
daar. Hy kyk na Joubert, laat homself nie toe om op iets of ie-
mand anders te fokus nie.

"Het u gereelde kontak met u pa gehad?"

"Nee, ek het hom seker so twee keer gesien vandat ek uit die
huis is."

"En met Carli?"

"Ook maar min."

"Het Carli iets in verband met die beweerde molestering aan
u genoem?"

"Nee, sy het niks genoem nie. Maar ek kon sien dat daar fout
was, en vir my het dit na dieselfde fout gelyk as wat hy aan
Anna gedoen het."

"Wat het hy aan Anna gedoen?"

"Hy het haar gemolesteer, verkrag."

"Hoe weet u dit?"

"Hy het dit self aan my genoem, verskeie kere. Daarmee by
my gespog. Dat daar twee vroue in die huis was en dat hy met
albei seks gehad het."

"Het u iets daaromtrent gedoen? Vir iemand daarvan ver-
tel?"

"Van Anna? Nee."

"Hoekom nie?"

"Ek was jonk, ek was skaam. Dis iets waarvoor ek myself
nooit sal vergewe nie. Ek moes gepraat het, maar ek was te
bang."

"Vir wie?"

"Vir my pa."

"Hoekom?"

"Hy kon met tye gewelddadig raak."

"Hoe so?"

"Ons, ek en Anna, moes maar altyd lig loop. Sy humeur was kort. Hy het my eenkeer só geslaan dat ek doktersbehandeling moes kry."

"Is dit hoekom jy uit die huis is?"

"Ja, ná die aanranding het ek besluit om by my ma te gaan bly."

"Jy was saam met Anna toe Carli dood is?"

"Ja, ons het gaan koffie drink. Sy wou weet of ek geweet het van Carli."

"Vertel die hof daarvan."

"Anna het gevra dat ek haar moet help met Carli. Ek het ingestem. Ons het teruggery na haar huis toe, Carli was onder 'n ligte verdowing. Toe ons daar kom, het ons haar in die badkamer gekry. Sy het haarself opgehang."

Hy sluit sy oë. Die eerste beweging wat hy maak. Asof hy die gebeure wil uitwis.

"Hoekom het Carli na Anna toe gegaan?"

"Ek het Anna se huisadres vir haar gegee."

"Hoekom nie joune nie?"

"Ek wou nie betrokke raak nie. En ek het gedink Anna sal beter verstaan omdat sy self daardeur is, dat sy Carli beter sal kan help."

"Het jy op enige tydstip die indruk gekry dat Anna wraak sou neem?"

"Nee. Al het ek Anna jare laas gesien, het ek geweet dat sy nie die wraakgierige soort is nie."

Ek wil na hom stap, my arms om hom slaan. Vir hom sê dat ek jammer is oor sy pa. Oor hoe dinge uitgewerk het.

"Het Anna op enige tydstip aan jou genoem dat sy van plan was om hom te vermoor?"

"Nee."

Asof hy my gedagtes kan aanvoel, kyk hy na my. En die blik in sy oë vertel sy eie verhaal. Hy wil nie jammer gekry word nie. Hy wil nie mee gepraat word nie.

"Geen verdere vrae nie, Edelagbare."

Vicky Gouws staan op. "Meneer Du Toit, hoe was die verhouding tussen u en u pa?"

"Daar was nie juis 'n verhouding nie. Hy was 'n baie onbetrokke pa. En gewelddadig."

"Tog is u in sy sorg geplaas ná u ouers se egskeiding. Die hof sou u tog seker nie in sy sorg geplaas het as hy só sleg was nie?"

Hy maak 'n snorkgeluid. "Die hof weet ook nie alles nie. Wie sou kon voorsien dat my pa 'n pedofiel is? Of dat hy my tot in die hospitaal sou slaan?"

"Dis die eerste keer dat ek jammer was dat ek hom geskiet het, dokter. Toe ek Danie sien. Sy gesig, sy lyftaal. Ek het hom so jammer gekry. Ek wou dit so graag vir hom sê."

"Hoekom het jy nie?"

"Ek kon sien dat hy nie met my wou praat nie."

Vandag getuig oom Retief en Marnus. Vir my.

Daarna gaan ek saam met die Roodts by Joubert eet. Christelle sal ook daar wees. En klein Anna. En tannie Miriam.

Ek sien al weke lank na hierdie dag uit. Om weer hulle bekende gesigte te sien, om weer die bekende stemme te hoor.

"Volle name?"

"Marnus Roodt."

"Beroep?"

"Ek is 'n algemene praktisyn."

175

"Wat is u verwantskap met die beskuldigde?"

Hy kyk na my, glimlag breed voor hy sê: "Ons deel nie dieselfde bloed nie, maar ek dink aan haar as my suster."

Ek glimlag terug.

"U het 'n verhouding op skool gehad?"

"Ja."

"Het u steeds 'n verhouding?"

"Nee, lankal nie meer nie. Ek is al ses jaar getroud."

"Het u geweet van die molestering?"

Hy aarsel. "Ek het geweet iets is fout. Anna was anders as ander meisies van daardie ouderdom. Meer in haarself gekeer, meer . . . beangs, as dit die regte woord is."

"U het haar nooit uitgevra nie?"

Hy skud sy kop. "Ek was seker te naïef. Ek kon nie 'n woord koppel aan haar optrede nie."

"Sy het dit self nooit aan jou genoem nie? Nie eens toe julle 'n verhouding gehad het nie?"

"Dis reg. Maar sy het met my ouers gepraat, en daardeur het ek bewus geword van die probleem."

"Het u die oorledene geken?"

"Ek het met hom kennis gemaak."

"Meneer Danie du Toit het getuig dat die oorledene gewelddadig kon raak. Het u hom ook so ervaar?"

"Absoluut, ja."

"Verduidelik aan die hof, asseblief."

"Die eerste keer toe ek by Anna se huis kom, het meneer Du Toit sy hande vir my gelig."

"Hoekom?"

"Hy het ingestap terwyl ek vir Anna gesoen het."

"Was dit die houding van 'n oorbeskermende pa, sou u sê, of was dit jaloesie?"

"Ek het dit as jaloesie beleef."

"Het u u ouers daarvan vertel?"

"Ek het. Ons het nie geheime vir mekaar nie."

"En hulle het niks daaraan gedoen nie?"

"Ek het gevra dat hulle niks doen nie. Ek wou nie die lewe vir Anna nog moeiliker maak nie."

"Hoekom het u u verhouding met Anna verbreek?"

"Ek het nie. Sy het."

"Omdat sy swanger was?"

"Nee, dit was lank voor dit."

"Het u 'n seksuele verhouding met Anna gehad?"

"Nee."

"Het sy vir u gesê wat haar doel was met die besoek aan Bloemfontein in Februarie vanjaar?"

"Nee."

"Het sy op enige wyse hoegenaamd te kenne gegee dat sy van plan was om meneer Du Toit te skiet?"

"Nee."

"U ken Anna seker die beste van almal in u gesin, van al haar vriende?"

"Ek ken haar die langste, nie noodwendig die beste nie."

"Ken u haar as 'n moorddadige, wraaklustige vrou?"

"Nee, sy sal normaalweg nie 'n vlieg skade aandoen nie."

"U was daar die aand toe haar sussie selfmoord gepleeg het?"

"Ek was."

"Wat was haar gemoedstoestand?"

"Ná haar aanvanklike skok was sy taamlik kalm."

"U het nie onraad vermoed nie?"

"Geensins."

"Tog het u en u vrou besluit om die aand by haar deur te bring?"

"Nie omdat ons bang was sy doen iets onverantwoordeliks nie, bloot omdat sy familie is."

"So, dit was vir ondersteuning?"

"Dis reg."

"U het onlangs die pa geword van 'n dogtertjie?"

"Ek het."

"Baie geluk."

Hy glimlag. "Dankie."

"En wat het julle besluit om haar te noem?"

"Ons noem haar Anna, na haar tannie, Anna Bruwer."

"Hoekom u kind na 'n moordbeskuldigde vernoem?"

"Omdat Anna een van die sterkste mense is wat ons ken. Ons kan net hoop dat ons dogter ook so sterk sal wees."

Joubert draai na die landdros. "Geen verdere vrae nie, Edelagbare."

Vicky Gouws staan op, notas in die hand.

"Die beskuldigde het glad nie aan u genoem hoekom sy na Bloemfontein gekom het nie?"

"Sy het 'n rede gegee."

"Wat was haar rede?"

"Sy het gesê dat sy voorraad vir haar winkel kom koop."

"Voorraad? Werklik? Dis interessant."

"Ek dink nie sy het beplan om hom te skiet nie. Sy wou hom net konfronteer . . ."

"Geen verdere vrae nie."

Oom Retief kom die hofsaal met selfvertroue binne, sy skouers reguit, sy kop gelig. Hy kyk na my en glimlag.

"U is 'n prokureur?" begin Joubert sy ondervraging.

"Deesdae afgetree. Ek werk bloot as konsultant vir 'n pro-kureursfirma."

"Beteken dit dat u glad nie meer as prokureur praktiseer nie?"

"Wanneer die nood druk, help ek uit."

"Hoekom het u nie hierdie saak geneem nie? U ken die beskuldigde tog beter as enige ander regsgeleerde."

"Sy is te na aan my. Sy is soos my dogter."

"Het u Anna geken voordat sy by julle ingetrek het?"

"My seun, Marnus, het haar aan ons kom voorstel."

"En voor dit?"

"Nee."

"Hoekom 'n vreemdeling onderdak gee?"

"Aanvanklik omdat Marnus my gevra het, en toe omdat ek van Anna se omstandighede bewus geword het. Met omstandighede bedoel ek die molestering, aanranding, verkragting, swangerskap."

"Wanneer het u bewus geword van die molestering?"

"Dieselfde dag wat sy by ons ingetrek het. Ek het haar reguit gevra en sy het my alles vertel."

"Het u die oorledene geken?"

"Nee. Ek het hom wel telefonies gekontak sodat ons oor Anna se toekoms kon praat."

"Uit hierdie telefoniese gesprekke, het u afgelei dat meneer Du Toit gewelddadig is?"

"Nie gewelddadig per se nie, bloot ongeskik."

"U het Anna aangeraai om 'n saak teen die oorledene te maak, nie waar nie?"

"Ek het, maar die PG wou nie vervolg nie."

"En toe dit faal, hoekom het u nie harder probeer om die PG te oortuig nie? U kon DNS-toetse op die kind laat doen het, byvoorbeeld."

"Dit was my voorstel, maar Anna wou dit nie hê nie."

"Hoekom het u nie eenvoudig daarop aangedring nie?"

"Ons was op daardie stadium te bekommerd oor haar. Ons het gehoop as die kind eers aangeneem is, sal sy die verlede kan agterlaat en vrede kry."

"En het sy?"

"So het ons geglo. Sy het haar eie besigheid, haar eie huis. Sy het wel nie 'n baie besige sosiale lewe gehad nie, maar sy was in alle ander opsigte 'n goed aangepaste jong vrou. Sy het gelukkig gelyk. Meer begin lag."

"Het u vir Anna 'n vuurwapen gekoop?"

Hy knik instemmend. "Ek het."

"Wanneer?"

"Toe sy haar besigheid gekoop het."

"Weet u of dit dieselfde wapen is waarmee sy die oorledene geskiet het?"

"Dis dieselfde wapen, ja."

"Hoekom het u die wapen vir haar gekoop?"

"Sy woon vrou-alleen, sy het 'n besigheid. Wanneer sy haar winkel sluit, het sy kontant by haar, en ook soggens wanneer sy bank toe gaan. Ek het gevoel dis nodig vir haar veiligheid."

"Het u gesorg dat sy skietlesse kry?"

"Die wet bepaal dat sy die wapen moet kan gebruik alvorens 'n lisensie uitgereik word, en ons het dit toegepas."

"Is sy 'n goeie skut?"

"Sy is 'n uitstekende skut."

"Het sy vir u gesê wat haar doel met die besoek aan Bloemfontein was?"

"Nee, ek het glad nie geweet dat sy hierheen op pad was nie."

"Het u ooit vermoed dat Anna tot moord in staat kon wees?"

"Nie vir 'n oomblik nie."

"Geen verdere vrae nie, Edelagbare."

17

Maggie het gesorg vir 'n heerlike ete, Marnus het gesorg vir die wyn. Toe ons versadig van die tafel opstaan, wink oom Retief my na Joubert se studeerkamer toe.

Dit voel soos destyds, dink ek toe ek die deur agter my toetrek. Hy wag tot ek oorkant hom gaan sit.

"Hoe gaan dit met jou, my kind? En ek wil nie die alles-is-reg-ek-makeer-niks-antwoord hê wat jy vir tannie Miriam reghou nie. Hoe gaan dit regtig?"

"Daar is dae wanneer dit beter kan gaan," erken ek.

Hy wag.

"Ek weet nie, oom, ek dra hierdie woede in my. Maak nie saak hoeveel keer Joubert my vat om te gaan boks nie, ek kry dit nie uit my uit nie."

"Vir wie is jy kwaad?"

"Vir myself, meestal. Omdat ek stilgebly het toe ek moes praat. Omdat ek die sneller getrek het. Omdat ek in hierdie . . . hierdie gemors sit. Ek is kwaad en huilerig en ekstaties bly en tegelyk weer kwaad. 'n Bose kringloop, waarvoor ek moeg is, oom."

"Dis verstaanbaar, Anna. Jy het 'n man se lewe geneem –"

"Maar ek is bly ek het!" val ek hom in die rede.

"Nog steeds, jy het iemand se lewe geneem. Jou wêreld is besig om uitmekaar te val. En waardeur jy nou gaan, is deel van die herstelproses."

"Oom verstaan verkeerd, my wêreld is aanmekaargesit. Dit het uitmekaar geval die eerste keer toe hy aan my gevat het.

En dís wat ek nie kan verstaan nie. Ek het gedink as hy dood is, sal ek verlos wees. Gaan dit ooit beter word?"

"Dit sal."

"Oom het nog nie met my hieroor gepraat nie . . ." Ek aarsel. Wil ek regtig sy antwoord hoor? "Dink oom ek het die regte ding gedoen?"

"Jy kan nie dit vir my vra nie, Anna."

"Ek weet. Maar ek vra tog."

Die stilte is hoorbaar. Net toe ek begin glo dat hy my nie gaan antwoord nie, praat hy tog.

"Nee, ek dink nie jy het die regte ding gedoen nie. Jy kan nie kwaad met kwaad vergeld nie."

"Soms moet 'n mens vuur met vuur beveg, oom."

"Soms moet 'n mens ook die ander wang kan draai." Hy leun vooroor, neem my hand in syne. "Ek weet dis seker die laaste ding wat jy wil hoor, maar soms moet jy kan laat los."

"Ek kan nie."

"En vergiffenis? Kan jy dit in jouself vind om te vergewe?"

"Vergiffenis is nie deel van my woordeskat nie, oom. Nie meer nie."

"Eers as jy kan vergewe, kan jy waarlik vry word, kan jy uiteindelik laat los."

"Ek kan hom nie vergewe nie."

"En jou ma?"

Ek dink 'n oomblik na. "Ek dink ek sal kan, maar . . ."

"Nee, Anna, vergiffenis kom nie met voorwaardes nie. Onvoorwaardelik – dis hoe jy haar moet vergewe."

"Ek weet nie of ek haar so kan vergewe nie."

"Dan sal jy nooit vry wees nie."

"Hoe moet ek haar vergewe as ek myself nie eens kan vergewe nie?"

"Jy weet, ons is so lief daarvoor om dit as verskoning te gebruik: ek kan myself nie vergewe nie. Maar nêrens in die Bybel staan daar dat jy jouself moet vergewe nie. Nêrens nie."

"Oom bedoel ek moet dit net voor God se voete neerlê, soos die dominees sê? Hy sal vergewe? Oom vergeet dat ek lankal nie meer in God glo nie."

Hy glimlag. "Maar God glo in jou, Anna. Ek praat nie jou ma se optrede goed nie, inteendeel. Wat sy gedoen het, was verkeerd op soveel vlakke. Maar dalk was sy ook net 'n slagoffer wat vergeet het hoe om haar stem te gebruik." Hy vryf oor sy mond, 'n moeë gebaar. "Hy was 'n manipuleerder van formaat. Verdien sy nie, soos ons almal maar, vergiffenis nie?"

Ek staan op, soen hom liggies op die voorkop voor ek uitstap.

Ek loer eers om die deurkosyn voor ek na die kamer aan die punt van die gang hardloop. My hart klop wild en ek bly staan, my hand op die deurknop, om my asemhaling onder beheer te kry. Toe maak ek die deur oop en glip in.

Die kamer is skemer, hy het sy badkamerlig aangehou. Ek kan die vorm van sy lyf in die bed uitmaak. Maar selfs in die skemerte kan ek nie sien of hy wakker is nie.

"Anna?" Hy kom regop, sy hare deurmekaar.

En daar staan ek, onmagtig om 'n woord oor my lippe te kry. Ek voel die koue van die vloer af opslaan, deur my nagklere dring. Skielik weet ek nie wat om te doen nie.

"Jy gaan verkluim, klim in," sê hy en trek die beddegoed vir my weg.

Ek kruip styf teen hom aan, voel hoe my lyf bewe. Van koue? Van afwagting?

Minute tik stil verby. Ek lê in die kromming van sy arm, sy

mond naby my oor, sy warm asemhaling in my nek, en hy doen niks. Wat is dit met die man? Wil hy hê dat ék iets moet doen? Ek mag ervare wees wat seks betref, maar ek het nog nooit die seksdaad begin nie. Omdat ek nooit wou nie. Maar nou, met hierdie man langs my, wil ek.

Ek draai om, trek sy kop nader en soen hom. Hy soen terug. Ek skuif tot teen hom, druk my lyf teen syne, kan voel hoe hy op my soene reageer.

Ek weet miskien nie veel van regsake nie. Ek weet beslis niks van sielkunde nie. Maar ek weet van seks, dink ek en druk nog stywer teen hom aan. Dis soos fietsry, jy vergeet nie hoe om dit te doen nie.

Toe ek my hand stadig teen sy lyf laat afgly, trek hy sy kop weg van myne, keer my hand met syne.

"Joubert? Ek verstaan nie . . ."

"Jy sal nie."

"Omdat ek as kind gemolesteer is? Omdat ek losbandig gelewe het? Omdat ek 'n moordenaar is? Hoekom wil jy nie?"

"Hoekom wil jý?"

Ek wil seks met jou hê omdat ek moet weet of die man wat my kindwees gesteel het altyd my bed gaan deel. Maar ek kan nie dít vir jou sê nie, Joubert van Heerden.

"Ek bied myself vir jou aan, vir die tweede keer. 'n Ander man sou –"

"Nee, Anna," val hy my bruusk in die rede, "daar is min mans wat sou. Jou persepsie van mans is so verwronge. Ons is nie almal so nie. Ons is nie almal Danie du Toit nie!"

"Ek weet dit."

"Regtig, Anna? Weet jy dit regtig?"

Ek klim druipstert uit die bed en sluip terug na my kamer.

Ek is vroegoggend wakker. Met 'n behoorlike kopseer. Ek het gisteraand te veel gedrink ... en by Joubert van Heerden in die bed gaan klim. Dis ek, Anna, vrou van losse sedes.

Nee. Dit gaan nie help om myself daaroor te kasty nie.

Ek drink 'n hoofpynpil, stort, trek aan. Loop saggies die trap af.

Sy beantwoord my ligte kloppie dadelik. Toe ek die deur oopstoot, sien ek haar in die gemakstoel voor die venster sit. Die baba teen haar bors, gulsige geluide wat uit die tuitbekkie kom, handjies in vuiste gebal.

"Jammer," sê ek en draai om.

"Moenie gaan nie," keer sy. "Kom sit hier by my. Geselskap is welkom."

Ek draai terug, gaan op die breë vensterbank by haar sit, hou die kleintjie dop.

"Sy's pragtig, Christelle."

Ek sê dit nie omdat alle ma's verwag dat jy dit van hul baba moet sê nie. Sy is regtig 'n pragtige baba.

"Marnus glo sy lyk na my, maar ek sien soveel van hom in haar."

"Dis waar, sy's die klassieke voorbeeld van twee mense se goeie gene wat bymekaargekom het."

Dis 'n rukkie stil tussen ons.

"Is jy nie bang nie?" vra ek die vraag wat voorop in my gedagtes is.

"Vir wat?"

"'n Dogter ..." Ek skud my kop.

"As jy net na die gevare kyk, sal jy vergeet om die goeie ook raak te sien."

"Dis waar, maar ..." Ek kom nie verder nie.

"Anna, jy is so 'n sterk mens —"

Ek val haar in die rede. "Dis wat julle almal bly sê, maar dis nie so nie. Ek was net gelukkig genoeg om uit daardie situasie te kon ontsnap."

"Dis seker waar, maar jy het nooit daardie slagoffermentaliteit gehad wat so baie in jou posisie het nie." Die baba het aan die slaap geraak en sy haal haar versigtig van haar bors af, lê haar in die stootwaentjie neer. "Tot nou toe."

"Ekskuus?"

"Moenie vir my kwaad wees nie." Sy kyk reguit na my. "Maar as jy eerlik met jouself is, sal jy sien dat ek reg is. Ek weet jy veg om oorlewing, maar jy het hierdie slagoffermentaliteit soos 'n kombers om jou gevou. En jy ís dit nie. Jy was nog nooit 'n slagoffer nie, jy was nog altyd die survivor. Wees dit nou weer."

Windhond beduie vir die kroegman om sy glas weer vol te maak. Ja, Windhond Webber, nou is jy nie net 'n roker nie, maar 'n suiplap ook, dink hy wrang.

Hy trek die rook diep in, vat 'n groot sluk van sy brandewyn en Coke. Hy sal aan 'n verskoning moet dink. Marie gaan glad nie gelukkig wees met hom nie. Dalk moet hy vir Jantjies bel, by hom oorslaap? Môre, wanneer hy uitgerus is, wanneer hy nugter is, sal hy huis toe gaan. Marie sal niks daarvan dink nie, daar is baie aande wat hy nie huis toe kan gaan nie. Wanneer hy soos 'n wafferse windhond op die spoor van 'n misdadiger is en weier om op te hou jag tot hy die verdagte aangekeer het.

Hy drink die laaste van die dubbel en beduie weer vir die kroegman.

Hy sal vir Jantjies bel, besluit hy en haal sy selfoon uit sy sak. Hy sal 'n taxi kry en by Jantjies oorbly. Want vanaand gaan hy drink tot hy omval. Laat hy sommer vir die kroegman die adres gee, dan kan dié 'n taxi laat kom.

Toe hy die selfoon toeklap, skud hy nog 'n sigaret uit die pakkie. Vanaand suip hy. Sodat hy kan vergeet.

Dit kan hy van Anna Bruwer sê: sy het guts. Meer as wat hy, superintendent Leon Webber, nog ooit gehad het. Sy het die guts gehad om die man in die oë te kyk en te skiet. Miskien nie in die oë nie, grinnik hy, sy het hom van agter geskiet. Punt is: die fokker het dit verdien. Maar hy, die groot polisieman, die groot speurder, kry ander om sy vuilwerk te doen. Hy maak van onskuldige mense moordenaars. Omdat hy nie die guts gehad het om dit self te doen nie.

As hy die horlosie net kon terugdraai . . . As hy net nie daardie afdraaipad gevat het nie, as hy nooit die oproep na Drag-hoender gemaak het nie . . . As hy net dadelik die aanklag-kantoor gebel het . . . As hy . . .

Hy vat nog 'n sluk, nog 'n sigaret. Hy is 'n polisieman. Hy is nie verhewe bo die wet nie. En nou het hy dit geword wat hy verafsku: 'n krimineel, 'n moordenaar. Moord is sonde. En al het hy nie fisiek 'n hand teen Daniels gelig nie, is hy skuldig aan moord.

Aan die ander kant, die man sou tog net uitkom en weer verkrag . . .

Nee. Wie is hy om te oordeel? Sou Daniels dalk sy Skepper in die tronk ontmoet het? Sou hy berou oor sy daad kon hê? Sou hy vergiffenis kon kry?

En hy wat Windhond Webber is, het hom daardie kans ont-neem.

Hy laat sy kop vooroor knak, sy ken op sy bors. Die beeld van daardie bebloede, verminkte liggaam draai dag en nag in

187

sy kop. Hy kan nie help om te wonder of Daniels om sy lewe gesmeek het nie. Hy móés tog.

En dis wat hom die meeste hinder, weet Windhond: hierdie wete dat 'n man om sy lewe gesmeek het en dat niemand 'n helpende hand na hom wou uitsteek nie. Dat niemand vir hom deernis gehad het nie.

Maar dan . . .

Die vuisies, die beentjies met die kuiltjies by die enkels, die bolwangetjies. Die pienk pakkie. Die droë traanstrepe onder die starende ogies. Die eggo van háár laaste skreeu, háár laaste uitroep om genade om die oop mondjie.

Die bloed.

Die fokker hét dit verdien.

"Sup?"

Windhond se kop ruk op. "Wa' soek jy hier?"

"Kom, Sup, ek vat jou na my plek toe."

Hy laat toe dat Jantjies hom van die kroegstoel ophelp, sy arm om hom slaan. Hy stap gewillig, alhoewel effens onvas op sy voete, saam met die jonger man buitentoe.

"Hy't dit verdien, of hoe, Jantjies? Die fokker het dit verdien!"

"Ja, Sup, ek is seker hy het."

18

"Wyn?"

Hy staan voor my deur met 'n glimlag, onweerstaanbaar in sy jeans en trui die presiese bruin van sy oë.

Ek sluit die veiligheidshek oop, laat hom inkom. "Ek's darem nie rêrig 'n drinker nie," erken ek terwyl ek hard probeer om nie te wys hoe bly ek is om hom te sien nie.

"Nog kwaad vir my? Dis al drie weke."

"Ek's nie kwaad vir jou nie. Dit was simpel van my om te dink ek kan my probleme minder maak met wyn."

"Die grootste rede hoekom mense drink," sê hy terwyl hy die bottel oopmaak, "is om van hulle probleme te probeer ontvlug. Maar ons twee," hy sit 'n glas voor my op die tafel neer, "gaan kuier oor 'n paar glase wyn. Ons gaan mekaar beter leer ken."

"Nog beter?" kan ek nie help om te vra nie.

"Nog beter." Hy grinnik, neem 'n sluk wyn. "Ek het jou vertel van die aggressieprobleem in my tienerjare. Maar ek het jou nie alles vertel nie."

Ek wag.

"Ek het in standerd agt 'n klasmaat aangerand. My ma het die vorige dag dronk by die skool opgedaag, sy wou my en my broer en suster uit die klas haal sodat ons saam met haar iewers heen kon ry. Ek kan nie eens onthou waarheen nie. Sy het," hy aarsel, "wanorde by my klaskamer veroorsaak."

"Ek kan dit nie onthou nie?"

"Ek het nie gedink jy sou nie. Die volgende dag het 'n klasmaat my ma beledig. Sy het dit seker verdien, maar sy was my ma. Ek het hom geslaan, só erg dat hy in die hospitaal beland het. En toe ek ingeroep word na die skoolhoof, verloor ek totaal beheer en takel hom ook met my vuiste. Dit onthou jy."

Ek knik.

"Groot drama. Die seun van die bekende en gerespekteerde prokureur Van Heerden word aangekla van aanranding."

"En toe?"

"Oom Retief het met die kind se ouers en met die skoolhoof gepraat. Die saak het nooit voorgekom nie. Ek is geskors, dis al. My pa . . ." hy maak sy glas vol, beduie dat ek moet drink, "het sy hande in onskuld gewas. Hy was nie bereid om sy kind te help nie. As dit nie vir oom Retief was nie . . . nou ja."

"Toe word jy 'n prokureur? Soos jou pa?"

Hy knik. "Om hom op sy eie veld aan te vat. Om hom te wys dat ek beter as hy kan wees. Toe kry hy 'n beroerte en word 'n invalide nog voordat ek graad gekry het. En om seker te maak dat ek die rondte nie wen nie, laat hy die praktyk aan oom Retief na."

Ek frons.

"Maar oom Retief verkoop toe my pa se aandeel en gee die geld aan my. 'n Goeie man, oom Retief."

Ek knik. "Jy't 'n broer? 'n Suster?"

"Herman van Heerden junior, dokter. Oudste seun, sy pa se trots. Hy't net ná my pa se beroerte landuit gevlug. Bly nou in Toronto, Kanada, in 'n dubbelverdiepinghuis met sy tweede trofeevrou. Ons hoor min van hom. En dan is daar Elsa, die jongste. Altyd met haar neus in 'n boek gesit wanneer die Van Heerden-egpaar se rusies handuit ruk. Vandag gelukkig getroud met 'n boer in die Karoo. Twee kinders."

Dit raak stil tussen ons.

"Jy het nie jou pa se goedkeuring nodig nie, jy weet dit?"

"Maar ek smag nog steeds daarna," glimlag hy.

"Hoe beland jy toe in Bloemfontein?"

"Ek het hier geswot. Ná ek skande oor die familie gebring het, het my pa dit verwelkom. Toe hoor ek van 'n vennootskap wat te koop is en ek koop."

"Was jy ooit spyt dat jy hier kom woon het?"

"In Bloem? Nog nooit."

"En toe begin jy bokslesse neem?"

Hy lag. "Die lewe is snaaks. Ook maar goed ek glo nie aan toeval nie. Want die eerste gym wat ek besoek het, behoort toe wraggies aan Martin."

"En julle word vriende?"

"Martin is die ou wat ek op skool aangerand het."

"Wow."

"Inderdaad. Ek het nooit eens geweet dat hulle destyds hierheen getrek het nie."

Hy sien my vraende blik.

"Nie as gevolg van die aanranding nie," keer hy. "Sy pa het 'n werksaanbod hier aanvaar nog voor dit gebeur het."

"En julle word vriende, sommerso, ná alles?"

"Ek het om vergiffenis gesmeek. Hy het dit aanvaar. Hy het erken dat hy nie so van my ma moes praat nie, om verskoning gevra. Ek het dit aanvaar. Vandag praat ons nie eens meer daaroor nie."

Ek vat 'n sluk van my wyn, onwillig om daarop te reageer.

Hy sit terug. "Ek roep oormôre die laaste twee getuies."

"Dan word ek gevonnis?"

"Daar is nog die betoë."

"En dan?"

"Dan sal die landdros besluit of jy skuldig is of nie."

"En dan?"

"Indien jy skuldig bevind word, is daar eers versagtende om-
standighede."

"Wat beteken dit?"

"Dat ek getuies gaan roep wat sal getuig dat jy 'n aanwins
vir die gemeenskap is. Dat jy nie in 'n tronk hoort nie."

"Maar ek is nie 'n aanwins nie! Ek doen niks vir die ge-
meenskap nie! Ek beteken boggherol vir die gemeenskap! Wat
is my claim to fame? Dat ek mooi, duur goed aan ryk vroue ver-
koop?"

"Jy't jou eie besigheid, jy dra by tot die ekonomie, jy verskaf
werk aan ander, jy . . ."

"Dis niks!"

Hy sluit sy oë in 'n moedelose gebaar, skud sy kop.

"En dan? Wat gebeur dan?"

"Dan is dit die einde, Anna."

"Magdaleen Pretorius, sweer u om die waarheid te praat, niks
anders as die waarheid nie, so help u God?"

"Ek sweer."

Joubert staan op. "Mevrou Pretorius, hoe ken u die beskul-
digde?"

"Ek werk in haar winkel."

"Sou u sê dat u vriende met die beskuldigde is?"

"Ons is meer kennisse as vriende."

"Hoe so?"

"Anna is 'n ander entjie mens. Sy het nog nooit mense naby
aan haar toegelaat nie. En soms kon ek sien dat daar fout is. Sy
was soms baie af."

"As u sê af, bedoel u neerslagtig?"

"Ja."

"Verduidelik dit vir ons?"

"Ek weet nie hoe om dit te beskryf nie, sy was soms net . . . dit was asof iets haar gery het. Maar sy het nooit daaroor gepraat nie."

"Het Anna op enige tydstip aan u genoem dat sy gemolesteer of verkrag was?"

"Nooit nie."

"Hoekom dink u het sy nie?"

"Ek ken Anna seker so goed soos 'n mens jou werkgewer kan ken, en ek het agtergekom sy is baie skaam oor haar verlede. Ek sê nou skaam, want dis die gevoel wat ek gekry het. Sy het nooit oor haar kinderdae gepraat nie."

"Het sy ooit genoem dat sy haar kind met die geboorte vir aanneming gegee het?"

"Nee. Ek het twee kinders, en al wat sy ooit gesê het, is dat sy nooit kinders sal hê nie."

"Het Anna, sover u kennis strek, ooit 'n verhouding met iemand gehad?"

"Nee. Sy is baie alleen."

"Het sy aan u genoem waarom sy in Februarie na Bloemfontein sou kom?"

"Sy't gesê dat sy voorraad kom koop, wat vreemd was."

"Hoekom was dit vreemd?"

"Sy't gewoonlik Kaap toe gery vir voorraad, maar ek het aangeneem daar moes iets besonders in Bloemfontein wees."

"Het u geweet dat haar suster selfmoord gepleeg het?"

"Ek het nie eens geweet dat sy 'n suster gehad het nie."

"Sy't u niks daarvan gesê nie?"

"Nee, nie 'n woord nie."

Vicky Gouws staan op toe haar beurt vir ondervraging aanbreek.

"Mevrou Pretorius, u het self getuig dat u nie vriende is met die beskuldigde nie, is dit korrek?"

"Dis reg, ja."

"Dis dus moontlik dat u haar glad nie goed genoeg ken om haar gemoedstoestand te peil nie?"

"Ek ken haar goed genoeg, as dit is wat jy bedoel. Ek werk al jare vir haar."

"Geen verdere vrae nie, Edelagbare."

Toe Magda uitstap, met 'n onderlangse blik na my, voel ek skuldig. Omdat ek nooit die moeite gedoen het om haar regtig te leer ken nie. Omdat ek toegelaat het dat molestering my lewe, my hele wêreld verander.

Die volgende getuie, 'n dokter Scheepers, word ingesweer. Sou dit die DNS-man wees?

"U is 'n forensiese patoloog?" begin Joubert.

"Ek is."

"En u het die DNS-toetse gedoen om vaderskap te bepaal?"

Ek voel hoe my maag op 'n knop trek, sit vorentoe sodat ek hom beter kan hoor.

"Ek het."

"Vertel ons hoe DNS werk, asseblief."

"Die hart van deoksiribonukleïensuur, of DNS in kort, is die biologiese molekule self. Hierdie molekule is die bloudruk vir alles in jou liggaam. Die DNS-molekule is 'n lang, gedraaide ketting wat bekend staan as 'n dubbele heliks."

"DNS is 'n komplekse besigheid, nie waar nie?"

Ek wil skree: Kom tot die punt, Joubert!

"Nee wat. DNS lyk kompleks, maar dis heel eenvoudig. DNS bestaan uit vier nukleotiede, naamlik adenien, sitosien, guanien en timien. Hierdie nukleotiede vorm die basispare van die DNS. Hulle lyk soos die trappe van 'n leer: adenien en timien

vorm 'n paar en sitosien en guanien die ander paar. Die DNS-
ketting bestaan uit 23 chromosome. Een deel kom van moeders-
kant en die ander deel van vaderskant."

"Is dit moontlik dat iemand dieselfde DNS as jy kan hê?"

"Net as jy een van 'n identiese tweeling is."

"Met ander woorde, elke persoon se DNS is uniek?"

Kom tot die punt! Asseblief!

"Dis reg."

"Om DNS-toetse te doen is deesdae algemeen, of hoe?"

"Absoluut. Daar is selfs toetse wat oor die internet aangekoop
kan word, waarmee jy dit sommer tuis kan doen."

"En is dit akkuraat?"

"DNS-toetsing is die mees akkurate en ook die mees vrylik
bekombare tegnologiese metode om biologiese verwantskap te
toets."

"Is dit moontlik om vaderskaptoetse te doen op iemand wat
reeds oorlede is?"

"Absoluut."

"Hoe werk dit, dokter?"

"In hierdie geval het ons hare, vingernaels en toonnaels van
die oorledene gebruik."

"En van die kind?"

"Ons het 'n wangdepper gedoen."

"En hoe werk dit?"

"Dit lyk maar soos 'n lang oorstokkie wat aan die binnekant
van die wang gevee word."

"Hoekom nie bloedtoetse nie? Is bloedtoetse nie meer ak-
kuraat nie?"

"Geensins. Ons verkies om die mondelingse toets te doen.
Bloed trek kan 'n nare ondervinding vir sommige mense wees."

"Veral vir kinders."

"Presies."

"En wat was u bevinding?"

Ek hou asem op. Sê dit!

"Daar bestaan geen twyfel nie dat die kind wat ons getoets het, die kind is van die oorledene en juffrou Bruwer."

Ek blaas my asem stadig uit, voel hoe my opgetrekte skouers skiet gee, my gebalde vuiste ontspan. Knak my kop vorentoe, hande oor my gesig, sodat ek in privaatheid kan huil. Dis 'n verligting, al het ek heeltyd geweet.

"Ek het geen verdere vrae nie."

Vicky Gouws staan op en sê met 'n helder stem: "Die staat het geen vrae nie, Edelagbare."

Joubert staan weer op. "In daardie geval sluit die verdediging, Edelagbare."

Aangenome kind wel stiefpa s'n. Aangenome kind wel stiefpa s'n. Aangenome kind wel stiefpa s'n. Teen elke lamppaal in die stad staan die woorde vet gedruk vir almal om te sien.

In my kop, waar net ek dit kan sien, lees die vetgedrukte woorde: *Anna se tyd is min. Anna se tyd is min. Anna se tyd is min.*

Ek bid onophoudelik, van gister af, tot 'n God waarin ek nou meer as ooit wíl glo.

Asseblief, maak my onskuldig. Asseblief, maak my onskuldig. Asseblief, maak my onskuldig. Ek wil nie tronk toe gaan nie. Ek wil nie tronk toe gaan nie. Asseblief.

19

Ek draai versigtig om sodat ek na die mense agter my kan kyk.

Daar sit oom Retief, tannie Miriam, Marnus, my ma. Langs my ma sit superintendent Webber en die ander polisieman, ek kan nie sy naam onthou nie. Dokter Botha sit 'n entjie agtertoe. Dis die somtotaal van die mense wat ek ken. Tog is die hofsaal stampvol, skuif en hoes die mense in 'n kakofonie van klanke.

Landdros Motsepe kom die saal binne en almal staan op.

Vandag kyk ek regtig na hom. Soos wanneer jy na 'n méns kyk, nie na iemand wat oor jou lot gaan beslis nie. Tot nou toe was hy vir my 'n angswekkende figuur. In sy swart toga, met die bril op die punt van sy neus, het hy ontsagwekkend gelyk. Hy lyk dit steeds, maar vandag kan ek ook die menslikheid raaksien.

Vicky Gouws gaan voor die landdros staan. Jy kan 'n speld in die hofsaal hoor val.

"Edelagbare," begin sy, "die staat kan nie die feite in hierdie saak miskyk of ontken nie. Dis duidelik uit die getuienis wat ons aangehoor het dat die beskuldigde vanaf 'n jong ouderdom herhaaldelik en soms op wrede wyse gemolesteer en verkrag is. Dis ook duidelik dat daar 'n kind uit hierdie ongesonde verhouding gebore is. Aan die begin van die hofsaak het die verdediging dit gestel dat die publiek en ook die hof empatie vir die beskuldigde se omstandighede moet hê. Daarmee kan ek nie anders as om saam te stem nie. Maar waar eindig empatie? Die vraag is of die hof hierdie misbruik en die stres waaronder die beskuldigde verkeer het, as kwytskelding moet aanvaar vir haar kriminele optrede. Want die moord op Danie du Toit was nie 'n geval van selfverdediging nie. Die beskuldigde was vir jare, volgens haar eie getuienis, nie in kontak met die oorledene nie. Sy het in geen onmiddellike gevaar verkeer nie en haar aksies kan dus nie as redelik beskou word nie. In dieselfde lig was haar suster ook nie meer in onmiddellike gevaar nie en was daar dus geen rede vir die beskuldigde om haar te beskerm of te probeer beskerm nie. Die staat en ook die verdediging se psigiaters het albei getuig dat alhoewel die beskuldigde se geestestoestand ten tye van die moord laag was, was sy steeds toerekeningsvatbaar."

Sy kyk 'n oomblik af na haar notas voor sy haar betoog hervat.

"Ook hier kan die hof die feite nie miskyk nie. Die beskuldigde het die moord beplan, daarvan getuig die feit dat sy alles saamgebring het wat sy moontlik nodig sou hê: 'n vuurwapen, 'n knaldemper, flits, klapmus en handskoene. Die beskuldigde het deur die nag gery, ongeveer agthonderd kilometer, sodat sy in die vroeë oggendure die moord kon pleeg. Die beskuldigde het jare lank normaal in die samelewing gefunksioneer. Die molestering kon dus nie só 'n groot impak op haar lewe hê nie. Sy het haar suster jare laas gesien. Daar was geen band tussen die beskuldigde en haar suster nie. Die vraag wat die hof homself moet afvra is dus: Het sy die reg gehad om regter te speel? Moes sy nie die normale prosedures gevolg het nie? Ons het getuienis aangehoor dat rehabilitasie 'n moontlikheid vir die oorledene was. Het enige mens die reg om iemand wat hom of haar te na gekom het, op welke wyse ook al, te vermoor? Die verdediging en ook die pers maak van Anna Bruwer 'n heldin, iemand wat opgestaan het vir haar regte. Inderwaarheid is en bly sy 'n moordenaar."

'n Pouse, asof sy die woorde kans wil gee om behoorlik in te sink.

"Anna Bruwer het nie uit selfverdediging opgetree nie. Was daar alternatiewe roetes wat sy kon volg? Beslis. Het sy die reg gehad om moord te pleeg? Nee, sy het nie. Sy het gekiés om die reg in eie hande te neem. Ek kan nie anders as om myself en die hof af te vra wat van ons samelewing sal word wanneer almal van ons die reg in eie hande neem nie. Die hof en ook die verdediging kan nie ontken nie dat die onreg teen die beskuldigde net relevant is wat betref die vonnisoplegging. Anna Bruwer is skuldig aan moord: daardie feit kan en mag nie ontken of versag word nie."

Toe sy gaan sit, klink 'n sagte ruising op uit die banke agter my. Ek hou my oë op landdros Motsepe, wat kop onderstebo sit en skryf. Dan kyk hy op.

"Die hof verdaag tot môre om negeuur."

Hy staan voor my deur en wag. Kortbroek, tekkies, T-hemp.

"Ek wil nie gaan boks nie, Joubert, nie vandag nie. Ek is vegvoos. Ek wil nie meer baklei nie."

"Ek het eintlik gedink aan draf."

Ek skud my kop, sluit die deur oop.

"Wat's in die sak?"

"Spinasie en mieliemeel," sê ek terwyl ek dit op die kombuistoonbank uitpak. "Toe ek klein was het ons huishulp, Paulina was haar naam, marog en poetoepap geëet. Sy het dit altyd met my gedeel wanneer ek by haar troos gesoek het. Vandag het ek troos nodig. Ek weet nie waar om marog te kry nie, so spinasie sal moet doen."

"Kom draf saam met my."

"Nee."

199

"Dit sal jou goed doen. Dit sal die spanning verlig, dit sal jou moeg genoeg maak sodat jy vanaand lekker kan slaap."

"Die landdros se uitspraak is steeds oor twee dae, dit gaan nie verander nie."

"Dis waar. Maar draf sal jou regtig beter laat voel."

Ek sug, gee dan tog in. Gaan trek oefenklere aan.

Ons begin met 'n gemaklike pas. Terug tot op die hoofpad, draai links, reguit aan, links verby die mall, reguit aan.

"Waarheen gaan ons?" wil ek uitasem weet.

"Na 'n spesiale plek," glimlag hy en verslap sy pas effens.

Ons hardloop aan en aan, tot by 'n kruising waar hy regs draai.

"Ek wil nou nie snaaks wees nie, maar ek dink jy hardloop Naval Hill toe."

"Nee, dit was nog nooit vir my so spesiaal nie. Kom, lig jou voete."

Voor 'n paar groot ysterhekke kom hy tot stilstand. "Ons stap die laaste ent, ons wil nie met jaende asems daar opdaag nie."

"Waar is ons?" vra ek toe ons met 'n lang oprit na 'n pragtige, spierwit ou herehuis begin opstap.

"Oliewenhuis. Die destydse tuiste van die goewerneur-generaal van die Unie van Suid-Afrika, later een van die ampswonings van die staatspresident. Koning George die Sesde en sy gesin het hier tuisgegaan toe hulle die land besoek het. Nou is dit Bloemfontein se trotse kunsmuseum. Die naam Oliewenhuis kom van die groot hoeveelheid olyfbome wat hier voorkom. En dit spog met sekerlik die mooiste tuin in die stad."

"So, jy laat my kilometers ver draf om na skilderye te kom kyk?"

"Nooit! Dit sal lasterlik wees om in ons beswete toestand na die kuns te kom kyk. Nee, ons gaan iets by die restaurant drink en na die mooi tuin staar tot jou asem terug is."

En ek moet erken, toe ons elk met 'n glas vrugtesap in die hand na die abstrakte installasies sit en kyk, dat dit inderdaad die mooiste tuin is wat ek nog gesien het.

"Joubert, ek wil vir jou dankie sê. Vir . . ." ek beduie met my arms, "alles. Dat jy my hopelose saak aangevat het. Dat jy my leer boks het. Dat ek jou 'n vriend kan noem."

"Anna . . ."

"Sjuut. Ek wil nóú vir jou dankie sê, ingeval ek later vergeet."

Voor die woonsteldeur gaan ek staan. "Dankie weer . . . vir die draf en dat jy my Oliewenhuis gaan wys het."

Hy knik, draai om.

"Joubert," keer ek, "ek is nie bang vir jou nie. Ek is nie bang vir myself by jou nie. Het jy enige idee hoe bevrydend dit vir my is?"

"Ek is bly."

Ek steek my hand uit, hou hom aan sy arm terug. "Wil jy proe hoe poetoepap en spinasie smaak?"

Joubert staan op sonder enige notas in die hand. Begin praat met sy diep stem.

"Edelagbare, die tema van molestering," pouse, "van aanranding," pouse, "van verkrágting . . . in die naam van ouerliefde. 'n Gesin wat gevange gehou is deur 'n gewelddadige man, en 'n regsisteem wat nie in staat was daartoe om onskuldige kinders te beskerm nie. Dís waarmee Anna Bruwer van haar kinderdae af moes worstel, soos die hof gehoor het toe sy self daaroor getuig het. Mense wat grootgeword het onder sulke omstandighede verloor hul vermoë om normaal in die samelewing te funksioneer."

Hy kyk 'n oomblik na my, gaan dan voort met sy betoog.

"Die beskuldigde se verweer van noodweer was nie net ten opsigte van dreigende gevaar nie, maar ook teen 'n derde. Sy het dié dreigende gevaar daarin gesien dat die molestering wat sy en haar sussie ervaar het, herhaal gáán word. Sy het telkemale getuig: 'Ek kon nie toelaat dat hy dit aan iemand anders doen nie.' Die hof het die getuienis van dokter Botha oor pedofiele aangehoor. Sy professionele opinie is dat pedofiele nie gerehabiliteer kan word nie. Ook in kruisverhoor het die staat se getuie, dokter Coetser, moes erken dat sy nie van een geval weet waar veroordeelde pedofiele wel gerehabiliteer is nie. Die patroon van die oorledene se optrede sóú hom dus weer herhaal, en gevolglik het die beskuldigde in noodweer juis vir daardie potensiële slagoffer opgetree."

Doodstil in die hof, nie 'n enkele mens wat hoes of rondskuif nie.

"Toerekeningsvatbaarheid beteken ten eerste dat die beskuldigde moet kan onderskei tussen reg en verkeerd. Kon Anna Bruwer? Die antwoord is ja. Ten tweede: Het die beskuldigde die vermoë om volgens daardie besef te handel? Hier is die antwoord nee. Sy het veertien jaar gelede probeer om die regte pad te volg en het 'n saak teen die oorledene gemaak. Daarvan het niks gekom nie. Het die regsisteem die beskuldigde gefaal? Ja. Het sy geen ander opsie gesien nie? Ja. Het die beskuldigde die moord beplan? Ja. Was haar aksies onregmatig? Ja. Maar as ons moet oordeel oor wat die beskuldigde in die bepaalde omstandighede moes doen of nié moes doen nie, moet ons 'n redelike persoon in dieselfde posisie as die beskuldigde plaas, onderhewig aan al die faktore waaraan die beskuldigde onderhewig was. Dit sluit in die toestand waarin die beskuldigde emosioneel verkeer het. As ons kyk na die noodwendigheid van die beskuldigde se optrede, dan moet Anna Bruwer onskuldig bevind word."

"Hulle kom volgende week die steen opsit," begroet sy my toe ek naderstap. "Ek het besluit om nie 'n Bybelvers op sy grafsteen te plaas nie. Net sy naam, geboortedatum en datum van afsterwe."

Ek antwoord nie daarop nie.

"Die landdros lewer môre sy uitspraak."

Sy knik.

"En dan word ek gevonnis."

Sy knik weer.

"Ek vermoed dat jy glo dat ek 'n lang tronkstraf verdien?"

"Jy is verkeerd, ek glo dit nie."

"Dankie."

Ek hou haar hande dop wat vinnig en sekuur hekel, sonder om 'n steek te mis. Nou moet ek sê wat ek moet sê.

"Ek het toegelaat dat hy my kinderdae van my steel. Dit was my keuse om al daardie bagasie so lank saam met my te dra, maar ek gaan nie toelaat dat hy my toekoms ook steel nie. Ek wil hê dat jy dit moet weet."

Sy knik, maar kyk nie na my nie.

"Uit dit alles het ek 'n belangrike waarheid geleer: dat ons keuses het, en dat ons toekoms afhang van die keuses wat ons maak. Ek het veral geleer dat moord nie die oplossing is nie."

Nou kyk sy op na my, laat haar hekelwerk sak.

"Ek kan jou nog nie onvoorwaardelik vergewe nie, vergiffenis met 'n 'maar' is nie ware vergiffenis nie. Maar ek hou die opsie oop. Ek wil hê dat jy dit moet weet. Ek hou die opsie oop . . . Ma."

Ek probeer hard om Daniël Jakobus du Toit jammer te kry. Om dit van iewers uit te krap. Onthou my ma se vertelling jare gelede dat hy ook deur so 'n hel is. Ek grawe en grawe vir 'n bietjie deernis.

Sodat ek kwytskelding kan kry.

Dit raak skemer en ek staan op om die ligte aan te skakel, die gordyne toe te trek. Hierdie uur tussen lig en donker was nog altyd vir my die eensaamste tyd van die dag.

En die jammerte bly my ontwyk. Daar is níks.

Ek is bly hy is dood, dink ek toe ek weer gaan sit. As ek die tyd kon terugdraai, sou ek hom steeds . . .?

Ek sluk hard, staan vinnig op en gaan skakel die ketel aan vir koffie. Hou my hande besig sodat ek nie aan 'n antwoord moet dink nie.

Later toe ek in die bed klim, klim die antwoord wat lankal in my kop lê by my mond uit. "Ja, ek sou weer," sê ek hardop. "Ek sou hom weer skiet."

Ek weet dat ek hierdie wete vir myself moet hou.

En ek weet dat ek nie genade kan verwag nie.

Ek het 'n lysie saamgebring vir hierdie verrigtinge. Ek kom voorbereid, kan jy maar sê.

Soos Joubert verduidelik het: Landdros Motsepe gaan 'n opsomming gee van die hele hofsitting, met sy menings en sienings tussenin. Daarom my lysie, want ek was die hele tyd hier, ek weet wat gebeur het. Nie 'n regte lysie op papier nie, een in my kop. Sodat ek dit waarmee ek klaar is kan afmerk, en kan besluit hoe ek dit wat oor is wil aanpak.

Want al waarin ek belangstel, is sy uitspraak aan die einde. Eers dan sal ek my lysie wegsit en aandag gee.

Die man wat moet besluit of ek skuldig is of nie, kom ingestap en neem sy plek in. Hy skuif papiere voor hom reg, druk sy bril terug, maak keel skoon.

"In die saak die staat teen Anna Bruwer . . ."

Lysie.

Goed, wat het ek gedoen in hierdie . . . hoeveel maande is dit nou? Ek tel vinnig: sewe.

Kan dit al sewe maande wees? Kan dit nét sewe maande wees?

"Mejuffrou Bruwer het die eerste keer voor my verskyn op die . . ."

My emmerskoplysie:

A: Ek sal 'n besluit oor die winkel moet maak. Sal ek die winkel kan hou? Magda 'n aandeel daarin gee? Sodat ek darem iets het om eendag na terug te keer?

B: Ek sal moet besluit wat van my huis gaan word. Dalk moet oom Retief die huis verhuur? Ek kan die idee dat vreemdes in my huis bly nie verdra nie, maar nog minder kan ek dit verdra dat die huis nie in geleef word nie.

Ek gaan skuldig bevind word.

Nee, nee, dink positief. Almal om my dink positief . . . of maak hulle maar net so?

Persoonlik dink ek daar's goeie rede vir pessimisme. Wanneer jou verwagtinge te hoog is, wanneer jy té positief dink en die mat word onder jou uitgeruk, val jy donners hard. As jy van meet af effens pessimisties was, is die gatslag nie heeltemal so erg nie.

Ek dwaal van die punt af.

"Mejuffrou Bruwer ontken aanspreeklikheid vir moord . . ."

C . . . of is dit D? Vergeet die blerrie alfabet, Anna, konsentreer op jou lysie.

Wat gaan van my klere word? Teen die tyd dat ek uit die tronk kom, gaan dit oud wees. Nie dat ek my al ooit aan modeneigings gesteur het nie, maar darem.

En my CD's? My boeke? My DVD's?

"Die hof twyfel geensins daaraan dat mejuffrou Bruwer oor 'n lang tydperk . . ."

Ten minste erken hy dit. Hoe lank gaan landdros Motsepe nog neem?

Wat van al die goedjies wat ek vir die woonstel gekoop het? Dit kan daar bly, besluit ek. Die vrolike koffiebekers en kussings en ander snuisterye ook.

Ek sal met Marnus en Christelle moet praat. Hoe kon hulle die arme kind Anna noem? Anna is so 'n outydse naam, besef hulle dat sy dit altyd met haar moet saamdra? Hulle kon eerder iets eksoties gekies het, soos Phoebe. Nee, liewers nie, dan noem almal haar weer Fiefie.

"Die hof het die getuienis van dokter Botha aangehoor . . ."

Ek moet onthou om weer vir Joubert te bedank. Dat hy my verdedig het ondanks sy oortuigings. En ek vermoed die boks gaan handig te pas kom . . . Ek moet reël dat daar geld oorbetaal word na oom Retief se rekening. Ek wil self verantwoordelik wees vir die betaling van my regskostes.

"Die verdediging het baie grafies aan die hof bewys dat waar daar 'n patroon van . . ."

Ek wou graag seks met Joubert gehad het.

"Sal die beskuldigde asseblief opstaan?"

Dis dan dit.

Ek vergeet momenteel hoe om asem te haal, ek kan my hart hoor klop. Ek gryp die reling voor my met albei hande vas. Ek het ondersteuning nodig. Hoekom laat hulle nie toe dat iemand saam met jou in hierdie simpel hok klim om jou hand vas te hou nie?

Vir die eerste keer kyk landdros Motsepe na my. Hy loer oor sy bril asof hy nou, vandag eers, van my bestaan bewus word.

"Die hof bevind hiermee dat mejuffrou Bruwer nie die Suid-Afrikaanse Polisiediens en die gemeenskap 'n redelike kans gegun het om haar te help nie. Dit word deur die hof erken dat mejuffrou Bruwer se vroeëre ondervinding met die polisie haar kon verhoed het om weer om hulp te vra. Hierdie hof is gevra om die verweer van noodweer of putatiewe noodweer uit te brei na onbekende derdes, want volgens die verdediging se betoog sou die patroon hom onvermydelik herhaal en sou die oorledene vroeër of later 'n derde gemolesteer en/of verkrag het. Hierdie hof is dan ook gevra om die gemene reg uit te brei in navolging van die Grondwet van Suid-Afrika. Dit is sorgvuldig oorweeg, maar die hof voel hom gebonde aan die heersende gesag. Die hof bevind dus dat mejuffrou Bruwer se aksies nie geregverdig was op grond van noodweer nie. Met betrekking tot toerekeningsvatbaarheid is die eerste been, dat die beskuldigde kon onderskei tussen reg en verkeerd, nie in geskil nie. Die vraag vir die hof was om te beslis of die beskuldigde wel volgens hierdie besef kon handel. Ná noukeurige oorweging van die getuienis en veral die deskundige getuienis voor die hof geplaas, word bevind dat die staat wel ook hierdie aspek van toerekeningsvatbaarheid bo redelike twyfel bewys het. Die moord op meneer Du Toit is daarom onregmatig."

Hy bly 'n oomblik stil terwyl hy na sy notas kyk. Dan kyk hy op, reguit na my.

"Die hof bevind die beskuldigde, Anna Bruwer, skuldig aan die moord op Daniël Jakobus du Toit op die negende Februarie 2004."

Agter my in die hofsaal bars 'n gedempte geraas van stemme en uitroepe los.

Skuldig.

Skuldig.

Skuldig.

"Ag nee, Leon! Ek dog jy het daardie vieslike gewoonte al jare terug laat staan!"

Windhond gooi die halfgerookte sigaret neer, trap dit skuldig onder sy hak dood.

"Wat is fout? Jy was so stil vanaand. Wat hinder jou?"

Hy weet hy was stil. Hy het by die huis gekom, sy vrou soos normaalweg gegroet en televisiekamer toe gevlug. Waar hy ure aaneen die een sinlose program na die ander sit en kyk het. Terwyl Marie moes kook, die wasgoed moes doen. Take waarmee hy haar gewoonlik help, al kla sy soms dat hy meer onder haar voete is as dat hy regtig help.

Hy het die televisie net een keer verlaat, om te gaan eet. Iets waarmee hy ook vanaand gesukkel het. Toe Marie badkamer toe is vir haar lang badsessie, het hy aangeneem dis veilig om hier buite te kom rook.

"Leon, praat met my!"

Te hel daarmee, dink hy en skud nog 'n sigaret uit die pakkie. Hou sy hand bak om die vlammetjie en trek die rook diep in. Hy blaas dit stadig uit sonder om na haar te kyk.

"Anna Bruwer is vandag skuldig bevind aan moord."

"O."

"Ek het dit wragtig nie verwag nie."

"Sy is skuldig, Leon, jy het self so gesê."

"Ek het, het ek nie? Ek het 'n preek afgesteek oor hoe om nie die reg in eie hande te neem nie. En ek het dit geglo – dat wraak nie die antwoord is nie. Ek het dit wragtig geglo."

"Glo jy dit nie meer nie?"

"Nou glo ek dat daar mense is wat verdien om wreed te sterf." Hy skiet die brandende sigaret die donkerte in. "En dat daar ander mense is wat verdien om vir ewig met 'n skuldge- voel te loop."

20

Oktober, die mooiste, mooiste maand, en ek sit in die hof.

Ek is bang, bang, bang.

Ek hou my oë afgewend, hoor hoe Vicky Gouws hulle een na die ander insweer. Hoor hoe Joubert hulle een na die ander vra om my lof te besing. Oom Retief. Marnus. Magda. Selfs tannie Miriam is vandag in die getuiebank.

Kry ineens so skaam omdat ek dit aan hulle doen.

Toe die hof eindelik verdaag, nooi hulle my om die res van die dag saam met hulle deur te bring. Ek bedank, maar belowe dat ek vanaand saam met hulle by Joubert sal gaan eet. Loop kop onderstebo na my motor.

En nou kan ek nie besluit of dit 'n goeie besluit was om alleen te wil wees nie.

Want ek weet nie wat om met myself te doen nie. Wat om te dink nie.

Wat maak jy as jy net 'n dag van vryheid oorhet? Drink? Been there, done that. Vaar die winkels in en koop alles wat jou hart begeer tot daar nie eens meer kleingeld in jou sak oor is nie? Nee, dit het ek ook reeds gedoen.

Eet kan ek nie. Die naar kol op my maag laat dit nie toe nie.

Ek kan nêrens heen gaan nie. Want waar is 'n plek buiten hierdie woonstel waar niemand na my sal staar nie?

Dus sit ek op die bank en staar voor my uit, terwyl die skadu's langer raak. Staan later op om die ligte aan te skakel. Eers toe my selfoon lui en ek Joubert se naam op die skerm sien, onthou ek van aandete.

Ek antwoord nie. Want ek wil hulle nie sien nie. Wat sê ek vir hulle?

Toe my selfoon die tweede keer lui, weet ek dat ek moet gaan. Dus antwoord ek en sê ek is op pad.

En toe ek voor hulle staan, weet ek dat ek verniet bekommerd was. Ek hoef niks te sê nie. Nie vir hulle nie. Hulle verstaan. Want hulle ken die regte Anna.

13 Oktober 2004 breek wolkloos en warm aan. Heeltemal in teenstelling met my gemoed wat donker en trietsig en koud is. Maar nie bang nie.

Al het hy gewen.

Die hof is 'n miernes van joernaliste en fotograwe, sien ek toe oom Retief stilhou. Hy beduie dat ons hom moet volg terwyl hy 'n weg deur die skare baan. Tannie Miriam haak by my in. Marnus dek die agterhoede. Christelle en Anna is veilig by die huis.

Ek hou my blik op oom Retief se rug sodat ek nie die joernaliste en fotograwe moet sien nie. Maak vir myself prentjies in my kop van hoe dit móés wees. In plaas van die opdringerige vrae – "Anna, hoe voel jy nou?", "Anna, sou jy dit weer kon doen?", "Anna, het jy en jou ma vrede gemaak?" – eerder uitroepe van blydskap.

Want hy is dood. Een pedofiel in die land minder.

"In die saak tussen die staat en Anna Bruwer is die beskuldigde skuldig bevind aan die moord op meneer Daniël Jakobus du Toit . . ."

Ek staan weer, maar dié keer klop my hart normaal, slaan ek nie in angssweet uit nie, want ek weet wat wag. Dis oukei. Ék is oukei.

Ek draai vir oulaas om sodat ek na my mense kan kyk. Oom

Retief. Tannie Miriam. Marnus. Sien vir superintendent Webber daar sit, verkreukeld soos altyd.

Dan draai ek terug. Wag ek om te hoor hoeveel jare van my toekoms hy ook gesteel het.

Landdros Motsepe maak keel skoon.

"Juffrou Bruwer, die hof vonnis u hiermee tot 72 uur gevangenisstraf. Die tyd wat u reeds in aanhouding in die polisieselle deurgebring het, sal as krediete teen u vonnis tel. Dit beteken, as my berekeninge reg is," en ek kan sweer dat hy vir my glimlag, want die groewe om sy oë word kreukels, meer toegewend, vriendeliker, "dat u vir 24 uur gevonnis word."

Toe hy die einde van die verrigtinge aankondig, heers daar eers 'n doodse stilte voor almal gelyk begin praat.

Ek kyk na Joubert, wat met sy kop in sy hande bly sit. Kom dan agter dat my bene my nie meer wil dra nie en gaan bewerig sit. Sluit my oë, sluit my ore terwyl die emosie in vlae oor my spoel.

Dan is Joubert by my. Hy vee die trane met sy duime van my wange af, gee my rukkende skouers 'n drukkie.

"Hulle gaan jou nou toesluit. Dis net een dag, Anna, dan is jy terug by ons."

Dié keer word ek met 'n vangwa aangery. Hulle vra my nie om dit wat ek aan my persoon het te verklaar nie. Nie dat ek iets het nie.

Ek stap saam met die vroulike konstabel die bekende paadjie na die selle toe. Kyk hoe die swaar deur en traliehek oopgesluit word. Sal Violet ook hier wees? Of van die ander?

Toe die deur van die kleiner vertrek agter my toeslaan en my oë aan die skemerte gewoond raak, besef ek dat ek alleen is. Net ek. Vir 24 uur.

Ek sak op my knieë neer, kniel op die vuil vloer.

Om God te dank vir nog 'n kans.

Windhond kan sien sy skrik toe die deur oopgesluit word. Hy beduie dat sy hom moet volg, na die groter vertrek toe. Waar daar ten minste son is. Dan wys hy vir die konstabel dat sy maar kan gaan.

Hy wag tot die deur agter die konstabel toegaan voor hy die papiersak na haar uithou. "Hamburger en Coke. Ek het gedink jy sal dalk honger wees."

"Dankie."

Sy neem die sak en gaan sit op die vuil vloer, bene gekruis, haar rug teen die muur.

Hy gaan hurk naby haar, voel verleë toe sy knieë protesterend knak. Sy lyk anders, beter, besluit hy. Haar hare het lank geword, dit hang nou op haar skouers. Haar oë is nie meer so verskrik nie.

"Jy was reg, Sup, daar ís lig aan die einde van die tonnel," sê sy nadat sy van die koeldrank gesluk het.

Hy knik. "Die vraag is of daar vir my ook gaan wees."

"Hoe so?"

"Daar is iets wat ek van my hart af moet kry. En jy is al mens aan wie ek kan dink wat sal verstaan. Dit kan my my werk kos, dit kan my my lewe kos, maar ek moet daaroor praat . . . Gee jy om as ek jou vertel?"

Sy huiwer, knik dan tog.

Hy sug, gaan dan plat sit, sy bene lank voor hom uitgestrek.

"'n Ruk terug het ons 'n saak gehad waar 'n vigslyer 'n ses maande oue dogtertjie verkrag het, só verkrag het dat sy aan haar beserings dood is. Natuurlik in die hoop dat dit hom van die siekte sou genees."

Hy sien die skok op haar gesig, maar gaan voort: "Ons het geweet wie die man was, die hele gemeenskap het geweet, maar hy het dit reggekry om ons te ontwyk. Tot ek 'n oproep van 'n informant gekry het dat hy by 'n familielid naby die moord-huis skuil. Ek het nie, soos dit 'n polisieman betaam, soontoe gery om die man te arresteer nie, ek het niemand in kennis gestel nie. Ek het na 'n openbare telefoon gery en die pa van die kind gebel – anoniem, natuurlik. Ek is terug stasie toe, waar ek gewag het vir die oproep dat die gemeenskap hom gekry het."

"Het hulle?"

"Hulle het. Hy is aan veelvuldige beserings dood. Niemand sal ooit teregstaan weens die moord van Quentin Daniels nie, want ek sal sorg dat die lêer verdwyn. 'n Administratiewe fout, dit kan gebeur. En ek sal skotvry wegstap."

Sy bly lank stil, skud dan haar kop stadig.

"Niemand stap skotvry weg nie, nie uit so iets nie. Glo my, ek weet. Moord is nie 'n oplossing nie. Ek gaan vir Danie du Toit saam met my dra tot ek die dag graf toe gaan. Al is hy dood. Ek vermoed dat jy vir Daniels ook saam met jou gaan dra."

Hy antwoord nie, staar na die traliehek aan die oorkant. Dan kyk hy na haar.

"In al my jare in die Mag het ek geglo dat wanneer 'n per-soon die wet oortree, moet hy gestraf word. Regverdig gestraf word, of dit nou vir winkeldiefstal of moord is. Het ek net die wit en die swart van 'n saak gesien. Maar nou," hy vee moeg oor sy gesig, "nou het die lyne tussen die twee vervaag. Asof ek my fokus verloor het. En dit maak my bang," erken hy on-willig. "Want wat as dit vir my só vervaag het dat ek nie meer onderskeid kan maak tussen goed en sleg nie? Wat as ek net die grys gebied kan sien? Wat dán?"

Sy leun effens vooroor, strengel haar vingers inmekaar.

"Ek besef nou dat om iemand dood te maak, nie die pyn van die verlede kan wegvat nie. Dit kan ook nie daarvoor vergoed nie. Maar ek wil tog dink dat die wêreld 'n beter plek is sonder Du Toit en Daniels."

"Maar wat sê dit van ons, Anna? Van my? Van jou?"

Sy haal haar skouers op. "Ek weet nie. Dat ons menslik is? Dat almal van ons ook maar die slegte in ons dra?"

Hy glimlag wrang. "Oor 'n bietjie meer as 'n maand tree ek af. Iets waarna ek die afgelope twee jaar al uitsien, want die Mag is nie meer dieselfde nie. Ek het geglo dat ek met 'n skoon gewete sal kan aftree, want vir soveel jare doen ek die regte ding, stap ek die regte pad. En skielik, binne die bestek van 'n paar maande, gooi ek al daardie jare waarop ek so trots was weg. Ek het hierdie laaste paar maande opgetree asof ek nie weet dat daar reëls bestaan nie."

Hy hou sy hand in die lug, tel op sy vingers af. "Ek het jou gaan besoek, terwyl ek baie goed geweet het jy mag nie met 'n getuie praat nie. Ek het toegelaat dat jy besoek in my kantoor ontvang terwyl jy in aanhouding was – nie teen die reëls nie, maar ek sou dit nooit vroeër gedoen het nie. Ek het 'n man vermoor . . . Nee, dis ook nie eens waar nie. Ek het ander gekry om my vuilwerk namens my te doen, omdat ek te veel van 'n slapgat was om dit self te doen. Ek het van ander mense moordenaars gemaak. En die ergste is dat ek weet dat ek dit alles weer sou doen."

Sy kyk net stil na hom, haar gesigsuitdrukking onpeilbaar.

"Jy't gesê dat ek Daniels altyd saam met my gaan dra, Anna. Ek gaan nie. Ek verkies om eerder daardie baba saam met my te dra. Want háár beeld regverdig dalk net alles."

"Dalk is jy reg." Sy frommel die hamburgersakkie op. Druk

dit saam met die leë koeldrankblikkie in die papiersak. Hou
dit na hom uit.

Hy neem dit en staan op. "Het jy hom vergewe?"

Ook sy staan op, dink lank voor sy antwoord.

"Nee, ek kan hom nog nie vergewe nie. En dis my keuse. Ek
kiés om hom nie te vergewe nie. Maar ek kies ook om die op-
sie van vergiffenis oop te hou."

Bruwer kry 72 uur

'n Skokkende einde aan die hofsaak van sewe
maande waarin mej. Anna Bruwer (30) daarvan
aangekla is dat sy haar stiefpa vermoor het.
Landdros Motsepe het haar gister in die streekhof
tot 'n skrale 72 uur gevangenisstraf gevonnis . . .

Ek gooi die koerant eenkant. Dis 'n hoofstuk van my lewe wat
afgehandel is. Ek is klaar daarmee.

Nou fokus ek op dit wat wag. Op Joubert. Wat nou enige
oomblik terug moet wees van die lughawe waarheen hy oom
Retief-hulle geneem het.

Ek kon nie saam met hulle ry nie, omdat daar nie genoeg plek
in die motor is nie. Ek wóú nie saam met hulle ry nie omdat
ek hier op hom wou wag. In sy huis, in sy kamer.

Ek weet dat hy my nie vanaand gaan weier nie. Die belofte
was in sy oë, in die manier waarop hy sy arm om my skouers
geslaan het toe ek vanmiddag uit die tronk gestap het.

Ek hoor die voordeur oopgaan, hoor sy voetstappe op die
trap, die kamerdeur wat oopgaan.

"Third time lucky?"

Hy lag, kom nader, kom sit langs my op die bed. Die belofte
in sy oë is nog steeds daar. Dit laat my skielik verleë voel.

"Joubert . . . ek weet nie of daar iets tussen ons kan ontstaan nie. Of daar dalk reeds iets tussen ons is nie. Maar jy moet weet: ek wil die demone van die verlede besweer. Ek móét. Op my eie manier."

Hy trek my nader, vee oor my hare, streel met sy lippe sag oor myne.

"Wag," keer ek, my palms teen sy bors. "Soos met alles in die lewe is daar reëls."

"Laat ek hoor."

"In geen spesifieke volgorde van belangrikheid nie: Nommer een, daar moet altyd 'n lig iewers brand. Nommer twee, ek stel nie belang in enige vorm van pornografiese materiaal nie. Hoegenaamd nie. Nommer drie, geen seksspeelgoed nie. Niks. Nada. Nommer vier, moenie net aanneem dat ek van iets gaan hou nie, vra my eers. Hierdie reëls is nie onderhandelbaar nie. Aanvaar jy dit so?"

"Absoluut."

"Is jy seker? Jy gaan nie later spyt wees nie? Jy gaan nie die reëls wil verander nie?"

Hy skud sy kop. "Ek is 'n man wat reëls verstaan."

Heelwat later, toe ek seker is hy slaap, staan ek op en gaan staan, kaal, voor die venster. Ek kyk uit oor die tuin met die groot ou bome, die stil woonbuurt wat agter dit lê. Ek is bly hy slaap, dat hy nie nou al die verwondering op my gesig kan sien nie. Vir eers wil ek dit koester, myne hou. Die besef daal tydsaam op my neer, hier voor 'n venster in Bloemfontein: dat ek, op die ouderdom van dertig, vir die eerste keer seks geniet het. Dat ek vir die eerste keer 'n gewillige deelnemer was. Dat ek seks, vir die eerste keer, as 'n liefdesdaad ervaar het.

Kan ek dit maak werk? Kan ek 'n doodgewone vrou wees? Sonder bagasie? 'n Vrou vir Joubert dalk?

Ek draai om sodat ek na sy slapende profiel kan kyk. Ja, besluit ek en slaan my arms om my lyf. Ek kan dit maak werk.

Want ek is sterk. Ek is Anna.

Erkennings

'n Aantal mense het hierdie boek moontlik gemaak danksy hul welwillendheid en bereidwilligheid om hul kennis met my te deel.

Hulle is:

Pieter Bouwer (BLC, LLB), prokureur, notaris en aktevervaardiger (a.k.a. my bierdrinkende prokureursvriend), vir sy waardevolle insette aangaande die binnewerking van 'n hof en vir die lees en herlees van die manuskrip, die tallose vrae wat so getrou beantwoord is, en vir sy hulp met al die regsterme.

Anelia Dodd (BProc, LLM), senior regsdosent aan die Universiteit van Limpopo, (a.k.a. Neels), vir die talle vrae wat sy so getrou beantwoord het.

Konstabel Ansja Olivier, wat al my vrae oor die prosedure van inhegtenisname so geduldig beantwoord het, en vir haar ondersteuning gedurende die skryf van hierdie boek.

Kaptein Erhardt Wagener, wat alles rondom die ondersoek van 'n moordsaak aan my verduidelik het en wat my die aanhoudingselle gaan wys het.

Professor PJ Pretorius, hoof van die departement psigiatrie, Vrystaatse Universiteit.

Baie dankie aan julle.

Alhoewel ek so na as moontlik aan die akkuraatheid van howe en hofprosedures probeer bly het, is hierdie boek fiksie en mag daar gedeeltes wees wat van die werklikheid verskil.

Dis ek, Anna is in 2004 onder Anchien Troskie se skuil-naam, Elbie Lötter, uitgegee. Die roman word oornag 'n blitsverkoper en verower in 2005 die Nielsen Book-sellers' Choice-toekenning. *It's Me, Anna*, vertaal deur Marianne Thamm, word in dieselfde jaar uitgegee, en daarná volg uitgawes in Nederland, Finland, Slowenië, Thailand en Engeland. *Nooit is 'n lang, lang tyd* verskyn in 2008, dié keer onder Troskie se eie naam, en 'n derde roman, *Die besoeker*, verskyn twee jaar later.

Anchien woon saam met haar man op 'n plaas in die Oos-Kaap.

Lees ook Anchien Troskie se ander romans,
beskikbaar by alle goeie boekhandelaars.
Ook beskikbaar in e-boekformaat.